破滅予定の悪神官、悪役令嬢と女主人公を肉便器にして全てを手に入れる

ぷちぱら文庫

著 あすなゆう
画 T-28
原作 Miel

伯爵家の令嬢だが、高飛車でずる賢く悪だくみが得意な、絵に描いたような悪女。ただ、その美貌と肉体を王子に捧げるつもりなのは確か。

モニカ

心優しく清楚な、地方貴族の令嬢。田舎の出らしい、穢れを知らないウブな性格。王子のことを一途に想い、花嫁候補となり試練に挑む。

プロローグ

「神官さま……」

そう呼びかけられて、男は我に返った。

（……ここは？　それに神官って、俺のことか？）

自身の着衣はゆったりと身体を包むローブで、神官と呼ばれるにふさわしい姿だ。

眼前に広がるのは、眩暈（めまい）がしそうなほど高く吹き抜けた天井に、随所に壮麗な彫刻のあしらわれた煌（きら）びやかな空間だ。

なんらかの儀式の最中なのだろうか。男の前には華やかな衣装を纏（まと）った男女が三人いた。

いずれも厳粛そうな面持ちで彼に真っ直ぐな視線を向けている。

そのうちのひとりが、高く張ったバストをぶるると震わせつつ、自信ありげに一歩前へ踏み出した。

「……神官さま……王子も、わたくしも、とても忙しいんですのよ。早く儀式を進めてくださらないと……」

「ああ、儀式か……そうだったな……」

勢いに押されて、つい話をあわせてしまうが、まだ状況がよくわからない。

きつく睨みつけてくるのは、ブロンドヘアの美しい女だ。少し動くだけで、ドレスに包まれた爆乳が艶めかしく揺れて、たわわな量感を強烈に誇示してきた。

衣服に押しこめられた紡錘形の乳塊の突きあがりぶりに、バストの紐が引きちぎれてしまいそうだ。

そうして大きく菱形に開いたドレスの胸元から、生白い双乳の形作る渓谷が妖しく覗いていた。露出した柔肌の抜けるような美しさと絹地のような滑らかさに、男は視線を奪われてしまう。

切れ長で釣り目がちな瞳に、自信ありげに引き結ばれた唇。すらりと通った鼻柱と、高慢さを絵に描いたような、端正な顔立ち。そのすべてが男の欲望を満たすために存在しているように思えた。

（……な、なんだ、この女は……すげえ、俺の好みだぞ……）

自分の置かれた状況を把握することさえ忘れて、目の前の女を舐めるように観察した。

「聞いていますの、神官さま？　さ、儀式を――」

ブロンドの女は男の淫らな視線を跳ね返す勢いで、さらに一歩前へ出た。

高く張った乳峰がぶるんと震えて、その瑞々しい乳果が触れるか触れないかのギリギリまで迫ってきた。

彼女が動くたびに胸元の紐が切れとんで、おっぱいが零れだしそうだ。胸の深い切れこみが間際に迫り、漂ってきた甘い脂粉の香りが肺を満たした。

派手に赤く塗られた唇はまるで男を誘っているようで、その肢体は震いつきたくなりそうなほどの妖艶さに満ちていた。

何よりも、まるでへし折ってくれといわんばかりの、高慢で、露悪的な傍若無人さに、男は花蜜の匂いにも似た甘美な匂いを嗅ぎ取ってしまう。

（ベッドの上で乱れさせたら、最高にいい声で鳴くんだろうな。ああ、こいつと寝てみてえ、いや無理矢理、犯してやりたいぜ……）

そうして劣情で煮え滾った胸中を気取られないように、なんとか平静を装う。

（――でも、この整った強気の顔、このケバさ、傍若無人な感じ、どこかで……）

あらためて男は他のふたりに視線を向けた。

ハンサムな優男と、清楚で大人しそうな女性、ふたりにも見覚えがあった。

「では、ローザも急いていますし、儀式の続きを」

優男はにこりと微笑むと、続けた。

「神官さま……我ら三人、神の声に従います。どうぞ、試練の開始をお願いします」

そう告げられて、神官――いや、たった今、神官になった男は、自分の中の断片的な情報がすっと一本の線で繋がるのを感じていた。

（このセリフ、この展開……やっぱり、あのゲームのオープニングだ……）

目の前の三人もプレイしていた乙女ゲームのキャラたちだ。彼は自身が神官として、ゲーム世界にいることを理解したのだった。

――同時に、彼はここへやって来た経緯についても、鮮明に思い出していた。

◇

若くして、命の尽きた男がいた。

彼にとって唯一の未練は、童貞のまま生を終えたことだ。

転生の審判のため、神様の前に引き出された男は、せめて最期にセックスしたいと、思いのたけをすべてぶちまけた。

目の前にいた全知全能の存在は願いを叶えようと宣言し、彼の好みの女を聞いた。そこで男が思い浮かんだのが、ハマっていた乙女ゲームの悪役令嬢ローザだ。

ローザの登場するゲームは中世ヨーロッパ風ファンタジー世界を舞台にしたもので、乙女ゲームらしくイケメン王子の伴侶に選ばれて一国の王妃となることを目指す。

王子を競いあうのはふたりの美女、主人公である正ヒロインのモニカと悪役令嬢ローザだ。伯爵家の生まれであるローザはドSで、自らの権勢をバックに悪辣な神官と結託してヒロインを意地悪し、蹴落とそうと画策する。いわゆる悪女だ。

ゲームの進行とともに悪役令嬢と神官は悪だくみが露見して、口にするのも憚(はばか)られるほどの、壮絶かつ破滅的な最期を迎えるのだ。

だが正ヒロイン側から、悪役令嬢側にカメラをクローズアップして見れば、あざとく、わかりやすいキャラ造形の裏に、ローザがそうなった理由がちらちらと見え隠れした。

美人で高貴で金持ちで、そして性格の悪い女——手酷い目にあっても誰も後味の悪い思いがしない、ゲームのユーザーからも好かれることはない。

いうなれば味方のいない、孤独な存在だ。そんな彼女の身の上が、周囲を圧倒するような気の強さを生んだとしてもおかしくない。

それに待っているだけで好かれるヒロインと違って、じっとしていて王子と結ばれることは決してない。王子への一途な思いがあればこそ、それが悪魔のような暴走になったのだろう。

一歩間違えば破滅ルートまっしぐらの悪役令嬢には、滅びゆく危うさや、儚さを感じられて、そこも男にとって随分と魅力的に感じられた。

何より悪役令嬢のサディスティックで高慢な仮面を剥ぎ取って、内に秘められたマゾヒスティックな可能性を育てて引き出すことができたら、男にとってこれ以上の悦びはないと思えた。

ドSの権化のような彼女だからこそマゾ調教し、完全に支配できたら、どれほど愉快なことだろう。そのことを想像するだけで男の怒張は硬くそり返って、切っ先からは透明な液が滲んだ。

他者をサディスティックに調教し、畜生のように支配したいという男の願いは、現実世界で実行されることはなく、単なる妄想のままに留まっていた。

周囲に実際的な危害を及ぼさないものならば、他者から見てどれだけ奇矯で、醜悪なものだったとしても、その望みや想像に、優劣も、貴賤もない。

神様はそれを理解していたからこそ絶対的な公平さで男の願いを聞き入れてくれた。

そうして彼は支配したい悪役令嬢の、そして正ヒロインのいる乙女ゲームの世界に憑依転生したのだった。

神官は内心の動揺を押し隠しながら、目の前の三人を見た。

（……あの儀式は乙女ゲーのオープニングの儀式ってことは、ふたりのヒロインに試練に臨む覚悟を確認する、そういうシーンだったよな……）

王子の結婚相手選定のためにヒロインたちは幾つかの試練に挑戦する。その試練を通じて神官が王子への思いを確認し、どちらが正式な伴侶にふさわしいか、判定するのだ。

候補は目の前の悪役令嬢ローザと正ヒロインのモニカ。ローザに負けず劣らず、モニカも魅力的な女だ。

流れるような銀髪は白銀の峻嶺（しゅんれい）のごとき気高き麗しさで、毛先の愛らしいカールが彼女のキュートな雰囲気を引きたてていた。やや垂れ目で、おっとりとした雰囲気に、煌びやかな服装はやはり高貴な貴族の娘なのだろう。

身体つきはローザ同様にエロティックで、ドレス生地を下から突きあげる乳房の圧倒的な迫力にどうしても目を奪われてしまう。彼女の清楚な雰囲気と、肥大化した胸乳のギャ

ップがたまらなく煽情的だ。

露出のほとんどないドレスが、モニカの裸身についての想像を強くかき立てた。神官はドレスの下に隠された乳脹らの豊かな丸みや艶美に括れた腰、そしてむっちり張ったヒップを想像しつつ、彼女の肢体にねっとりとした視線を走らせた。

その眼差しに気づいたのか、モニカはきゅっと身体を縮こまらせて、怯えた小動物のような目でこちらの様子を窺う。彼女の弱々しい姿は神官の嗜虐心を刺激し、彼女をもっといじめたくなってしまう。

（いかにも支配されたいって顔がいいな。清楚でセックスなんて知りませんって雰囲気もたまらないし。犯しがいがありそうだ）

神官は内心で滾り沸きたつ情欲を抑えきれず、無意識のうちに舌なめずりしてしまう。

「……あ」

そのことに気づいたのか、モニカが表情をかすかに青ざめさせた。

（もしかして、俺の考えてることに勘づいてやがるのか、この女……いや、さすがにそれはないか……）

モニカは声を震わせながら、神官に声をかける。

「し、神官さま……」

「ああ、儀式だな」

ゲームの内容を必死に思い出しながら、神官はまず正ヒロインのモニカに語りかけた。

「では、モニカからだ。試練に望む覚悟はあるか？」

「わ、私っ。王子にふさわしい相手になれるように試練を受けますっ……神官さま」

一点の曇りもない瞳で神官を見るモニカ。さすがは正ヒロインだけあって、ひたむきな思いが伝わってくる。モニカに気のない男でもこの誠実で、真摯そうな眼差しでじっと見つめられたら、ぐらつくに違いない。

（……けど、このふたりから好かれてるのか、王子。うらやましいぜ。けど、俺が転生したのは、王子じゃなくて神官……ついてねえな……）

神官はモニカの言葉を受けて、仰々しく頷いてみせた。

続いて、ローザを見た。

「もちろん、わたくしも試練を受けますわ、神官さま。必ずや選ばれて、王子のおそばに……あぁッ、王子ッ♥　海よりも深く、あなたをお慕い申しあげておりますの……♥」

ローザは神官よりも隣の王子に強く訴えかける。昔から彼女の性格はよく知っているのだろう。王子は少し苦笑するだけで何も言わない。それはモニカも同じようだ。

「ふたりの覚悟は確かに聞いた。これよりは後戻りできぬぞ。それでは王子の花嫁選びの試練を始めよう」

内心の緊張を押し隠して、神官は試練始めの儀式を締めくくった。

儀式が終えると、王子とモニカは去り、残ったのは神官とローザだけになった。

「ね、神官さま……のちほど、じっくりとお話しましょうね、ふふっ」

そっと音もなく近づいてきたローザはそれだけを耳許で囁くと、神官に背を向けて儀式の間を後にする。

彼の目に遠ざかっていくローザの後ろ姿が映った。

お尻のあたりまで広がったふわふわの金髪は神々しいばかりの美しさで、朝日で金色に輝く雲海を思わせた。その瑞々しいブロンドがコルセットできゅっと括れた腰の下で綺麗に割れて、丸く張ったヒップが愛らしく突きだした。

ドレスのスカート生地はむっちりと押し詰まった臀部の柔肉に引き伸ばされて、臀球の淫艶な盛りあがりから、妖しい切れこみまで、その蠱惑的な美しさがあますところなく強調されていた。

そうしてローザが歩くたびに、彼女のあでやかな双尻が左右に妖しく揺さぶられて、その完熟ぶりがはっきりと伝わったきた。

男を誘うように波打つ豊かな尻たぶをじっと見つめながら、神官は麗しい伯爵令嬢への飽くなき情欲をさらに激しく燃えたたせるのだった。

第一章 悪役令嬢ローザを破瓜レイプ

——儀式の開始を宣言した、その夜。

神官は自室に戻ると、置かれた状況の把握に努めた。

前世の記憶はもちろんのこと、この世界での経験や記憶もどうやらちゃんと残っているようだ。身体はかなり鍛えられていて、神聖魔法も使える。それに財産もあって、この世界で暮らすのに不自由のない身分だ。

（……いくら脇役とはいえ、王子の花嫁の選ぶ高位の神官だもんな。ステータスは高いってわけか……けど、神官ってことは——）

神官は極めて重大なことに気づいた。

このままゲームのルートどおりに進めば、神官は悪役令嬢と裏で手を結び、悪事を働いた結果——想像するだに恐ろしい破滅が待っているのだ。

（……クソ、せっかくいい立場に転生できたのに、なんとかならないのかよ）

破滅ルートを回避するべく、神官は自分の日記や、魔法の研究内容を必死で調べた。

（良くあるパターンだと、いいヤツとして振る舞って、周りと友好関係を結んで、なんとか難局を乗り切るとかだけど――）

神官の研究内容は、触れることさえ許されていない禁呪とされているものばかりで、女を陥れて、淫らに変える魔法も相当数あった。

（女を乱れさせる媚薬入りの聖水に、淫紋転写の禁呪まで……）

転生元の神官は根っからの悪役のようで、女遊びも派手だったのだろう。神官の記憶を探ると、女を弄(もてあそ)び、堕落させたものばかりで、その感触さえ生々しく思い出された。

（……元の俺は童貞だってのに、この身体は相当遊んでるみたいだな。性の禁呪とこの身体のテクニックで、どんな女でもメスに堕とせそうだぜ）

自身の童貞時代の性欲と、神官の女を犯し慣れた身体、まさにセックスのために転生してきたような状況だ。

（……神様もわかってるみたいだな）

だが、懸念もあった。

あらためて第三者の目で、神官の日記を読み返してみると、周囲からもだいぶ憎まれている様子が窺えた。

（……こいつ、大丈夫かよ。悪人にもほどがあるぜ）

まるでひとごとのような感想を抱いてしまう。ただ自分自身のことだと捉え直すと、その境遇に眩暈(めまい)がしそうだった。

置いてあるアイテムの中でも、特に聖職者らしからぬ媚薬入りの聖水と淫紋の呪符をそそくさとローブの中にしまうと自室を出て、聖堂へ向かった。

(……禁呪の施されたアイテムだけでも、どこかに隠して……いずれは破棄しないとダメだろうな……でも、どこに隠したら……)

深夜の聖堂は薄暗く、ひとけもほとんどない。

神官は足音を響かせながら儀式の間のあたりをうろうろしていると、そこに松明(たいまつ)を持った人影が現れた。

「……誰だ？」

神官は緊張で身体を固くしながら、そちらを見た。

そこにいたのは目深にフードをかぶった人物で、黄金色の髪の麗しいカールがかすかにはみ出していた。

目の前でそれが取られると、押しこまれていた豊かなブロンドヘアが溢れだして、色香漂う美貌が露わになった。

「……御機嫌よう、神官さま。先ほどのお話の続きに参りましたのよ」

そこにいたのは伯爵令嬢のローザだ。

彼女は薄闇の中であでやかな紅色の濡れ唇をかすかに歪めて、不敵な笑みを浮かべる。その色っぽさに神官は目を奪われてしまう。すぐ目の前にずっと犯したいと願っていた女が現れたのだ。そして周りには誰もいない。

（……これって、手を出していいってことか。でも、貴族の娘をいきなり襲うのはさすがにマズイよな）

ローザほどの有力貴族の娘に何かあれば実家の伯爵家が黙っていないだろう。すぐにこの聖堂に兵士が差し向けられるかもしれない。

（……機会があれば、いいが……ごく……）

神官は溢れる欲情を押し殺しつつ、ローザの肢体をねっとりと見つめた。舐めるように見られていることに気づいたのだろう。本能的な不快さからか、ローザは眉根をわずかに顰（ひそ）めた。

「……わたくしが美しいのはわかりますが……そんな目でジロジロと見るのは、やめてくださいませ……」

ローザは神官の視線を跳ね返すように、キツく睨み返してきた。

その気の強さがたまらなく魅力的だ。屈服させて、ひいひい喘がせたら、どんなにか爽快だろうか。

「これは失礼。で、お話とは？」

「そうでしたわね。神官さまはあの田舎娘と、このわたくし、どちらが王子の花嫁にふさわしいとお思い？　まあ、聞くまでもないことなのはわかっておりますが、んふふ♪」

さも当然という様子で、ローザは神官に色っぽい視線を投げかけてきた。

先ほどのキツい視線から、まるで男を誘うような淫靡な視線へ、彼女の変わり身の早さに神官は少し苦笑してしまう。

ローザの思わせぶりな雰囲気に、彼はすぐピンときた。

(これって……悪役令嬢が神官を抱きこむゲーム内のイベントだよな。台詞も同じだ。うかつに乗ったらゲームみたいに破滅ルート一直線か……)

神官は慎重に言葉を選びつつ、口を開く。

「どちらが伴侶となるか、試練によって神が選ばれます。ただ、それだけです」

「ふふ、けれどわたくしは伯爵家の娘、モニカとは何もかもが違いますわ。他の貴族や聖職者にも強い影響力がありますのよ」

彼女は神官にすっと近づくと、耳許に囁きかけてきた。

「……例えば、他の聖職者に圧力をかけて神官さまを枢機卿へ推薦することもできますし、交易でなした財の一部を毎年、神官さまのご教区へ寄付することもできますのよ」

その甘い囁きとともに、熱い吐息がねっとりと耳朶を嬲っていく。

「聡明な神官さまならば、おわかりですわよね。どちらが王子にとって必要な存在か？」

「……あ、ああ……だが、選ぶのは神であって……」

彼女の誘惑を神官はのらりくらりとかわす。間近に迫ったローザの麗しく繊細な髪と、その合間から覗く生白い細首が視界に迫ってくる。

妖しい美しさを孕んだ首筋に嚙りつきたくなる衝動を必死で堪えた。

豊かなブロンドから立ちのぼる甘酸っぱい香りが鼻腔を満たして、思考力が少しずつ奪われていく。

（金や地位よりも、ローザ、お前の肉体を……）

そう喉まで出かかったのを、必死で呑みこんだ。

「ねえ、神官さま、こんなにわたくしがお願いしていますのよ。この願いが成就した暁には、神官さまの淫らなお願いを聞いてあげてもよくってよ……」

甘い声で、ローザは神官を誘惑してくる。ただ身体を許す気持ちなど微塵もないのだろう。彼女が自分の色香と権力を最大限、駆使して圧力をかけてきているのは明らかだ。

「神官さま……それでは、ダメですの？　あなたがわたくしをいやらしい目で見ていることは、ずっと知ってますのよ。さっきは少し憤ってしまいましたが、わたくしの本心ではありませんの。ね、このローザをお許しくださ い……」

彼女の繊細なブロンドヘアが神官の首筋を嬲り、甘酸っぱい香りが神官の理性を蕩けさせてくる。ローザの熱い呼気が幾度も横顔をねっとりと嬲ってきた。

その蠱惑的な魅力に溺れて、神官は彼女の誘いについ乗ってしまいそうになる。

だが破滅ルートのことをすぐに思い出して、すぐに冷静になると、その返事をしばし思いとどまった。

（……破滅も困るな。それにこの思わせぶりな態度も、どうせ演技だろうな）

ローザは王子に一途で、その思いゆえに汚い真似をしてまでモニカを蹴落とそうとしているのだ。ただ王妃の地位を得たり、伯爵家の権勢を高めるためだけに王子の伴侶になろうとしているわけではない。

そんなゲームの設定から考えると、ローザが彼に積極的に身体を許すとは思えない。神官は彼女の身体を強引に押し返すと、少し距離を取った。

「……話はお伺いしました。あとは神の試練がすべてを決するでしょう」

神官は不正はしないという意図をこめて、目の前の悪役令嬢にそう告げた。

「……な、なっ！　このわたくしが、これほどはしたない真似をしてまで、頼んでおりますのよ！　一神官ふぜいが、伯爵家のローザに恥をかかせるおつもりッ！」

ローザは激高して、儀式の間に響くほどの大声をあげた。

「この伯爵家があなたの悪事を掴んでいないと思ってますの？　忌まわしい禁呪に手を染めた上に、聖職者らしからぬ乱行の数々。このわたくしに手を貸さなければ、あなたは破滅ですわよッ！」

「……な……それは……困る。考え直してくれないか？」

伯爵家に告発されれば、神官は簡単に破滅させられてしまうだろう。禁呪に手を染めただけで、処罰の理由としては充分だ。

「ふふ、では、このわたくしに手を貸してくださいますね。モニカではなく、このローザを王子の花嫁に。神官さまが選ぶのですから、誰からも文句は出ませんわ！」

「……だが、そうなる前に不正がバレて、破滅に……」

「何をわけのわからないことを言ってますの？　これで、決まりですわね」

ローザはこれ以上ないほどの悪辣な笑みを浮かべる。

保身のために知恵を絞っていた神官は、急に何もかもバカらしくなってきた。

彼女に手を貸せば乙女ゲームのルートどおりの破滅、もし手を貸さなければ、やはり伯爵家の力によって破滅。

どう転んでも、身の破滅は確定事項だ。

（……クソ、今まで必死で考えてきたのはなんだったんだよ。どうせ破滅するなら――）

目の前には、犯したいと望んでいたローザの艶めかしい身体がある。そして邪魔するものは誰もいない。

今のセックスに手慣れた身体に、手元には禁呪を施された淫らなアイテム。思い切って彼女を犯して、手篭めにしてしまえば、悪巧みに乗らなくても済むかもしれない。

そう思ったら最後、神官は溢れる欲望が抑えきれなくなってしまう。劣情の波濤に飲まれつつ、ローザへゆっくりと魔手を伸ばした。

「はぁはぁ……どうせ破滅するなら、このエロい身体をたっぷりと味わってやるぜ！」

理性のたがの外れた神官はローザに掴みかかり、彼女の外套を引きはがした。

「あんッ、な、何をするんですの！　神官さまッ！」

驚きで見開かれたローザの目を見て、神官の胸中で黒い欲望が一気に噴きあがった。

もはや自身では歯止めが利かず、彼は半ば自棄気味になりながら、ローザを儀式の間の石床に押し倒した。

「ひい、ひいいッ！　あ、あなたッ……気でも狂いましたのッ！　このわたくしをいきなり襲うだなんて……！」

ローザは尻餅をついたままで必死に這って、その場から離れようとした。そんな彼女を逃すまいと、神官はその女体の上にのしかかった。

「あれだけ誘っておいて、今更なんだ？」

「な、何を言って……わたくしは誘ったことなど……」

「だいたい、このデカい胸が無意識のうちに男を挑発しているのがわかんねえのか？　男をバカにするのもたいがいにしろよなッ！」

「聖職者がこのような真似、許しませんよ！　我が家の力でその地位を剥奪し、一生、獄に繋ぎますわよッ！　そうなりたくなければ、このわたくしを解放なさいッ！」

ローザは腰が抜けて、満足に逃げることもできないようだ。石床の上でじたばたと藻掻きながら、必死の形相で叫ぶ。

無言のままで神官はローザに迫った。あの高慢な伯爵令嬢が助かりたくて無様な醜態を晒している様を見て笑みが自然と零れた。

「この下郎が！　やめなさいと、このわたくしが、ローザが命じているのですよ！　や、やめてッ……お願いですから、やめてください……もう許してくださいッ……い、いやッ、いやぁああぁあぁあぁぁぁーッ!!」

神官はローザの盛りあがった爆乳をドレスごしにむにゅむにゅと激しく揉みしだきながら、白磁のような美しさの首筋へ舌を這わせていく。

汗と化粧の混ざった女の匂いが漂ってきて、呼吸のたびにそれが濃くなっていく。そのことがローザを犯している事実を強く実感させた。

ずっと求めていた女をこの手に抱いていると思うと、昂ぶりのあまりに屹立は痛いほど張りつめて、ローブの中で雄々しいそり返りを見せた。

「……お前が全部、悪いんだぞ。俺は穏便に済ませるつもりだったのになぁ！」

「このわたくしが、こんなゲスな男に好きにされるなんて……お、王子さま……助けてくださいませぇーッ！　あ、ああッ……」

本能的な恐怖で身体の震えの止まらないローザを組み敷いたまま、神官は彼女のスカートの中に手を潜りこませて、むっちりと張った太腿のすべらかな感触を楽しむ。

弾力溢れる柔肉が指先にいやらしく絡みついてきて、そのたわみと張りの生々しい感触を激しく貪ってしまう。

（……エロい太腿だとは思ってたけど、最高の触り心地だな。それにこの怯えぶり。あの悪役令嬢さまがここまで取り乱すとはな）

ローザの下腹部をまさぐりながら、同時に彼女の艶首に唇を捺しつづけた。かすかに汗ばんだ喉元の薄肉が口腔の中でビクビクといやらしく反応した。

獲物の子鹿を捕らえた狼のような気分で、そのまま喉元を喰い破りたくなる衝動を必死で堪えた。

そうして舌先でれろれろれろと顎先から頬にかけてをたっぷりとねぶって、唾液で美しい顔（かんばせ）を汚してやる。

「ローザ、王子が好きか？」

「な、何をわかりきったことを……き、聞くのですか……当たり前でしょう……」

そう答えるローザの美貌は恐怖に引き攣（つ）っていて、それが神官のサディスティックな悦びをいっそう激しくかき立てた。

「だがな、あんなヤツよりも俺のほうがいいってことを、思い知らせてやるからな」

神官は薄ら笑いを浮かべて舌なめずりをすると、ローザの紅唇に自分のそれをゆっくりと近づける。

「……え……き、キス……そんな……このわたくし……唇はまだ誰にも許したことがないんですのよ……王子にだって、それを……んぶぶ、あぶぅ……んう、んうぅッ………」

そのまま荒々しくレイプキスされて、ローザはぶるぶると四肢を震わせながら、信じられないという目で神官を見た。

「んん、んんんッ……犯しがいのある唇だぜ。ふっくらと柔らかくて、それにぬるぬるして……んちゅぶ、ちゅばッ……ちゅばれろッ……この生々しい唇で男を誘ってたくせに、キスが初めてなんて信じられないぜ……」

神官はそのまま舌をローザの唇の奥に押しこむと、じゅぶじゅぶと口腔の中をかき混ぜてから、彼女の中へ唾液をたっぷりと流しこんでやった。

伯爵令嬢は凌辱まがいのキスにくぐもった呻きを漏らすだけで、神官にされるがままになっていた。

「なんとか言えよ、ローザ、んんッ……」

「あふ、んふぅ……んちゅぶ、ちゅばッ……あひ、あひぃぃ……き、気安く名前を呼び捨てにしないで。あなたとは身分がまったく違いますのよ。それを、こんな……んぅ、んふぅぅ……んぁ、んふぁぁ……ぁぶぅぅ……」

神官の舌根を押しこまれたペニスのように唇で咥えながら、口の端から涎をはしたなく垂れ流した。息苦しさにはぁはぁと呼吸を乱して、初キスを奪われたショックのせいか瞳はどこか虚ろだった。

（……なんだ、こいつ。キスだけで参ってやがる。強気で、色仕掛けまでしてきたわりには案外と純情なのかもな。王子に一途だからできたってわけか）

神官はローザの口を犯し尽くすと、その舌をずるりと引き抜く。

喉奥まで犯された艶唇はだらしなく緩みきったままで、泡だった唾（つばき）の糸が口腔内に淫靡な蜘蛛の巣を張っていた。

そうして力なく開いた唇から、ローザの舌がだらりと零れるのだった。

神官はその痴態を満足げに見下ろすと、美しいブロンドを指で梳いてやった。彼女は己が汚されたことに打ちひしがれたままで、半ば放心状態だ。

（今のうちに一気に犯してやるか）

神官はローザの身体を起こすと、そのまま彼女に四つん這いの姿勢を取らせた。

スカートを大きく捲りあげて、瑞々しく膨らんだヒップを露わにすると、肉づき良く膨らんだ臀球をねちっこく撫でまわして、そのたわわな感触を存分に楽しんだ。

ローザの尻肉のあいだに顔を埋めると、つるりとした絹のショーツ生地ごしに濃厚なメスの香が漂ってきて、それが神官の劣情をさらに刺激した。

「やっと、この女を俺のものにできるんだな。破滅しちまうかもしれないが、神様には感謝しないとな……」

鼻先をローザの股間に押しつけたまま大きく深呼吸する。伯爵令嬢の処女孔の淫らな酪匂が鼻腔を甘く蕩けさせてきた。

はふはふと犬みたいに息を荒げさせながら、神官は顔面をローザの股根に押しつけると、下着のクロッチ部の柔らかな感触が伝わってくる。蜜液がショーツに染みだして、ひんやりとした感じが鼻面に当たった。

「もう、濡れてきてるのか……そろそろ、中も拝ませてもらうか……」

神官は顔を上げると、ショーツを脱がせて、乙女の秘園をさらけ出させた。夜の儀式の間に漂うひんやりとした空気が剥きだしの秘弁を妖しく嬲っていく。

「……あ、あふぅぅ……下が、す〜す〜して……な、なッ、何をしているんですのッ！　まさか、あなた……」

信じられないといった目で神官を見ながら、ローザは下腹部をぶるると緊張で震わせた。中から愛液がドロリと零れて、内腿を伝い落ちていった。

「そのまさかだよ。キスだけで終わるわけないだろ」

「う、うう……そんな……ゆ、許して、もう充分でしょう。な、何が望みですか……地位も、お金もなんでもあなたに差しあげますからッ……で、ですからッ、お願いですからッ、許して……わたくしの処女だけは……」

先ほどの余裕たっぷりのそれとは違い、ローザは半狂乱になって叫んだ。

持てるものすべてを差しだして、必死に許しを請う彼女の姿は神官のサディスティックな悦びを満足させる。

「おいおい、さっきのエラそうな態度はどこへいったんだ、伯爵令嬢さまよぉ。処女ぐらいでジタバタするなよなッ！」

ドス黒い欲望は激しく燃え上がり、さらにローザを追い詰めて、その惨めな姿をじっくりと観察してやりたいと思う。

神官は大きく手を振りあげると、いやらしく突きだされた尻半球へ、しなる鞭のように平手を叩きつけた。

「んひッ、んひぃッ、ひぃぃぃ……い、痛いぃッ……そんな、ら、乱暴しないでくださいませッ……」

ぴしり、ぴしりと小気味良い音が儀式の間に響き、鋭い痛みにローザはぶるると尻

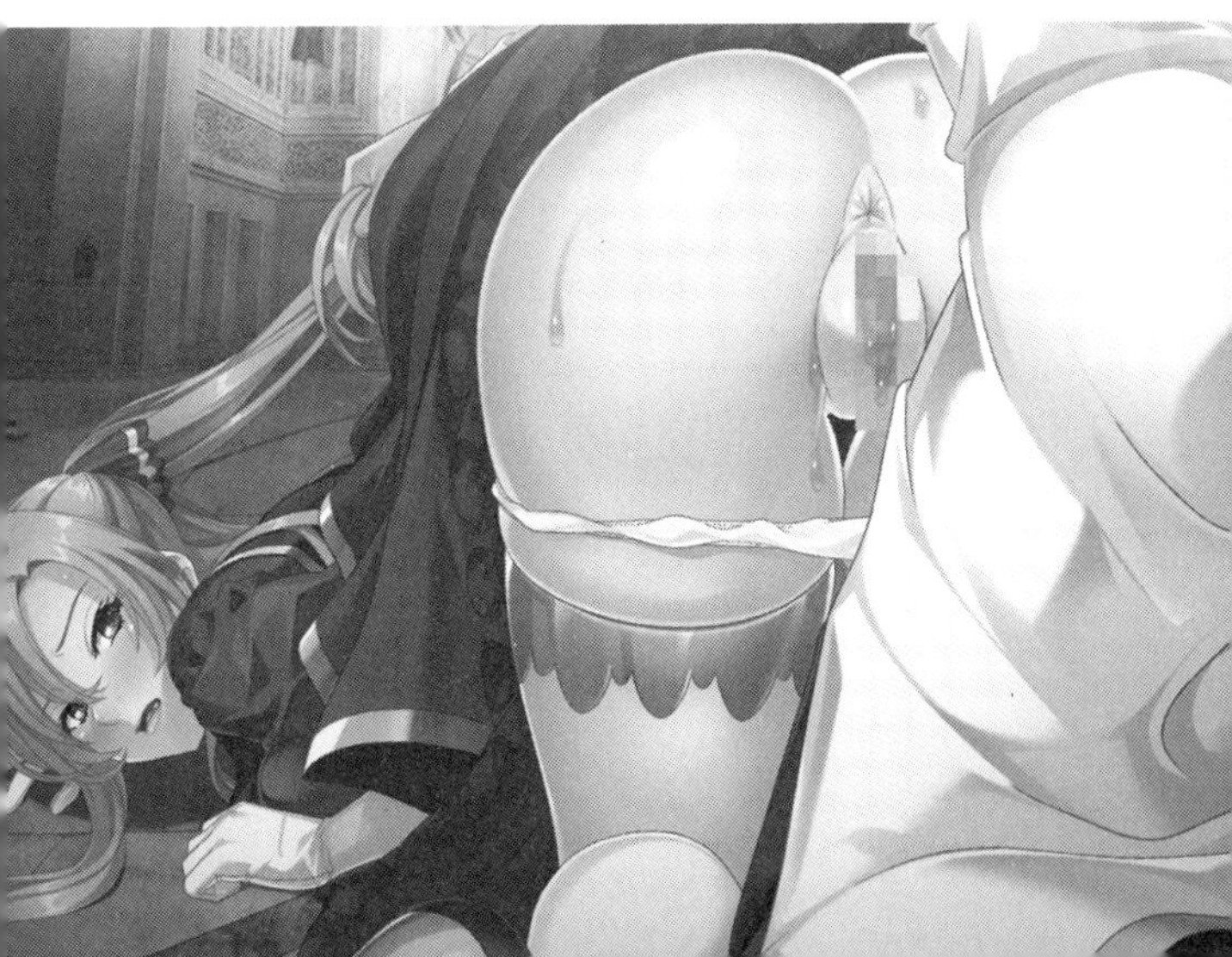

たぶを戦慄かせた。

「お前が言うことを聞けばな。そらそらッ！」

さらに数発、平手で彼女の臀丘を軽く打つ。

痛みよりも剥きだしのヒップを打擲された事実にローザはひどくショックを受けたようで、その屈辱と羞恥にぶるると桃尻を艶めかしく震わせつつ、泣きそうな声を出した。

「あひッ、あひぃぃ……も、もう叩かないで……言うことを聞きけばいいんですわよね。あなたの言うとおりにしますから……や、やめてください……ううッ……」

「じゃあ、大人しくしてろよ」

ローザに生尻を高く突きださせると、神官はそこを円を描くように執拗に舐めまわして、双尻の優美な張り出しを唾液でコーティングした。

「……あう、あううッ……この高貴なわたくしのお尻が舐められて、唾液まみれにされるなんて……ぐ、ぐうう……」

「おいおい、まだ始まったばかりだぞ。お前のエロい姿をもっと見せてもらわないとな。くくくくッ」

神官は下卑た笑みを浮かべながら、ローザの恥部にぐっと顔を押しつける。濃厚な膣の香が鼻腔を抜け、肺を満たした。

「まずは……このぐしょぐしょに濡れたおまんこの味見をさせてもらうとするか？」

伸ばした舌先を彼女の秘所へ近づけると、愛液の零れだす秘溝を下から上へ、れろり、とねちっこく舐めあげた。

「んあ、んあああ……な、なんてことを……わたくしの大事な場所を舐めて……いやぁッ、いやぁぁぁーッ……あう、あうう……………」

「まだひと舐めしただけだぞ。んじゅ、れろッ、れろろぉ、んじゅれろッ……いやらしい蜜が溢れてきて、たまらなねえな……」

「いやって、言ってますのにッ……何度も舐めあげて……あう、あうう……うぐ……」

秘裂を執拗に舐めまわされて、ローザの羞恥は強くかき立てられていく。その恥ずかしさのあまりに彼女は歯をガチガチと鳴らせて、激しく身悶えした。

舌先がローザの秘穴をほじくるたびに、卑猥な濡れ音が響き、甘く濃密な露が舌に垂れ落ちてきた。神官はぢゅるぢゅると、わざとらしく大きな音をたてて、その果汁を啜り飲みつづけた。

「や、やぁ……そんな、わたくしのエッチなスープ、飲まないでぇ……あ、あぁ……そんな……い、いっぱい溢れて、止まりませんの……」

ローザはむっちりと張ったヒップを揺さぶりながら、秘口から蜜液を垂れ流す。石床の上に蜜が滴り落ちて、水たまりを作っていく。

「……う、うう……わたくし、このような辱めを受けて、お汁を零すような女ではありませんのに……こんな……」

　雪のように白い肌を真っ赤に染めながら、伯爵令嬢は羞恥にぶるると身を震わせた。

「でも、こんなにたっぷり出てるぞ。そらッ、マン汁、もっと飲ませろよ、んく、んくんく、んくくッ…………ぷはぁ……」

　ラブジュースは膣奥の泉からこんこんと湧きだして、糸状の滝となって床へ垂れつづけた。神官は溢れる蜜を啜ってローザの濃厚な味を堪能すると、秘部からその唇を離した。

　彼女は耳の先まで真っ赤になって、熱く潤んだ眼差しを神官へ向けた。

「ぐ、ぐぐぅ……こんな辱め、ありえませんのよ……このわたくしに、ここまでするなんて……もう充分でしょう。そろそろ、お、おやめになって……」

　ローザは抗議の声をあげながらも、緩みきった秘割れをはしたなくヒクつかせて、おねだり汁を溢れさせていた。

　その弱々しげな様はひどい大罪に心を蝕まれた子羊のようで、その打ちひしがれっぷりに神官は喉を鳴らして笑う。

　彼女の息遣いはさらに荒くなり、傍目にも彼女の精神が極限状態に置かれているのは明らかだ。

「まだまだ。せっかくだから、お前のいやらしいスープを全部飲ませてもらうぞ。んじゅる、じゅるるッ、ぢゅぅッ、んぢゅるるぅぅーッ！」

「んい、んいい……そ、そんな……お、おまんこ、強く吸いすぎですのッ……んひぃ、んっひぃぃーッ！」

神官が秘唇を激しく吸いたてると、その吸引力の凄まじさにローザは尻をさらに突きあげてしまう。蜜孔が淫靡な音をたてて震えて、愛液とともに膣粘膜が裏返りそうなほどバキュームしてやる。

「んんッ、おまんこに溢れてたマン汁、すっかりなくなったな。ん、んんッ……ぢゅる、ぢゅるるッ……んぢうぅぅーッ、って言ってるそばから、またいっぱい湧きだしてきて、これはキリがないな……」

口のまわりをシロップでどろどろに汚しながらも、神官は彼女の膣を舐めしゃぶり、その味を堪能しつづけた。

「キスが初めてってことは、こっちも初物だよな。それとも伯爵家の箱入り娘を装って、男と遊ぶビッチなのか？」

「な、何を言いますのッ！　わ、わたくしは、そ、その……殿方と経験などございませんわ。お、王子さま、ひとすじですのよ。あなたこそ、本当に聖職者ですの⁉　そのゲスな発想をおやめなさいッ！」

ローザは羞恥と侮辱で憤り、頭に血をのぼらせて怒り狂った。その様子を楽しみながら、さらに彼女を刺激してやる。

「それじゃ、処女かどうか、確認してやるか。んう、んれろぉ、んぶ、んぶぶぅ……」

神官は舌胴をその膣奥へ一気に潜りこませていく。舌先が絡みつく媚肉をかき分けて奥へ進むと、柔らかな薄膜に行く手を阻まれた。

ぐいと舌で押しのけようとしても、逆に弾むようなしなやかさで押し返してくる。

「んふぅ、んくふぅッ……そこは……あ、あふぅッ……そこをいじられてると、身体がふわふわして……溶けそうな感じになって……あはぁ……ぁ、ぁぁ……」

蜜壺を貫く神官の舌の妖しい蠢(うごめ)きに、背すじを弓なりにそらして、臀部を回すように振りたてながら艶めかしく悶えた。

「これがローザの処女膜か、んん、んふぅ……舌で押しこんでも、こいつで奥に進めないな。んじゅぶッ……じゅぶじゅぶッ、なあ、どうなんだ⁉」

「そんなこと言われましても、わかりませんのッ……あひ、あひぃぃ……い、いやぁッ、おまんこの中、突かれたら……へ、変な気持ちになって……んあッ、んああーッ！」

無意識のうちにローザは下腹部を艶美に揺さぶりながら、喉奥から淫らな喘ぎを溢れさせてしまう。

そうなったら最後、歯止めの利かなくなった彼女はたわわに実った尻塊を神官の顔面に押しつつ、本能の命ずるままに、ひいひいと、よがり声をあげつづけた。

蜜孔からはとめどなく愛蜜が零れて、神官の顔をどろどろに濡らしていく。

「だいぶ、感じてるみたいだな。高貴な伯爵令嬢さまは、まだ破瓜もしてねぇのに尻を振りまくっちまう処女ビッチかよッ！」

「……ち、違いますの……わたくしは決してビッチでは……あ、ああ……！」

小刻みに震える双尻に顔を埋めると、神官はローザの太腿を両手でしっかりと抱きこんで逃がさないようにする。

そうして伸ばした舌峰で幾度も突いたり、舐めたりして、彼女の処女をじっくりといたぶりつづけた。

「んう、んうッ……そこはビリビリして、だ、ダメぇ、ダメですのーッ！　あ……あふ、あふぅぅ……あふぁぁ……あひッ、あひぃぃぃッ……！」

舌先の撫であげや、軽い突き上げでも、鋭敏な薄膜には相当な刺激のようだ。

ひときわ鋭い嬌声を喉奥から迸らせて、ローザはビクビクと下腹を戦慄かせた。

女体が妖しくのたうつ様が尻肉の揺れを通じて、神官にも伝わってきた。それが彼を興奮させて、さらに責めが加速した。

「んぶぶ、んぶぅッ……そら、処女のままでイカせてやるッ、んッ、んうぅぅッ！」

神官は窒息することも構わず、口吻をぬかるんだ膣孔へぐっと押しつけて、伸張させた舌幹で乙女の恥膜を大きく引き伸ばした。

「んい、んいいッ！　そんらにされたらぁッ……あ、ああッ……あーッ!!」

ローザは臀部の尻球をぶるんぶるんと艶めかしく揺さぶりつつ、処女膜を責められて軽くアクメしてしまう。

「膜を責められてイクとはな。いい気味だぜ。このまま処女も奪ってやるからな！」

神官は雄々しくうわぞった怒張をローブから露わにすると、彼女の雌孔へぐっと押しつけた。雁首の先端がじゅっぷりとわずかに潜り、溢れた蜜汁が屹立を垂れ落ちてきた。

すでに膣内を責められる愉悦の味を覚えた秘口は、ぢゅぶぶぶと勃起先に吸いついてくる。先端から滲んだカウパーが膣の襞きに妖しく啜られて、その刺激でさらに竿胴は妖美な反りを見せた。

「……う、うう……そんな……わたくし、王子さまを愛しておりますのに……こんなところで貞操を奪われてしまうなんて、まっぴらごめんですのッ！」

四つん這いのままで必死にもがくローザを見下ろしながら、神官は少しずつ幹根を押しこんでいった。

「は、初めては、あのヒトの——王子さまのものですのよッ！　離しなさいッ、この無礼ものッ！　神官ふぜいがこのわたくしに手を出そうなど、身のほどをわきまえなさい！　誰か、誰かっ、いないのですかッ！　この下劣な神官に天誅を！」

石床をかきむしりながら、這いつくばったまま逃れようとローザはもがいた。

だが神官の手で柔腰をがっちりと抑えこまれたままで、さらに膣内へ怒張をずぶぶと突きこまれた。

「ひぐぐ、ひううッ！　ね、ねえ、神官さま……お、お願いですから、もう許してくださいませ。わたくしが生意気でしたわ。その、あ、あなたのためになんでもいたしますから。だから初めてだけはッ……ど、どうか、お許しくださいッ……！」

ローザはあの高慢さからは想像できないほどの低姿勢で、神官に媚びへつらう。

初めては王子に捧げたい、いくら高慢な女とはいえ、彼への一途な思いがそうさせるのだろうか。

それが神官の嗜虐心を強く煽った。

「じゃあ、その処女を貰うぜ。他は何もいらねえよッ！」

彼女の変貌ぶりに神官は満足しながら、その処女膣の最奥目がけて、怒張を叩きこんだ。

「……そ、そんなぁぁ……あぐぐぅ……うそ、わたくしの中に、オチンポが、も、潜りこんで……んぐッ、んぐぐぅぅ…………こんなのありえませんッ！　ありえませんわッ‼　あ、あぁーッ！」

ローザは狂ったように叫びつつ、双尻を暴れさせて屹立の挿入に抗おうとした。だが神官は彼女の下腹部を抱えこんで逃がさず、そのままひと息に膣奥へ剛直を押しこんだ。

「んいいッ、んひぃーッ……わ、わたくしの処女膜が、拡げられて……そんな、本当にさ、裂けてしまいますのッ……あぐぐ、あぐぎぃぃーッ！」

「あと少しだぞ、んんんッ！」

神官は笑いながら、切っ先を包む秘膜の感触を楽しむ。そうして一気に自分の体重を雄槍の先に乗せて、伯爵令嬢ローザの純潔を引きちぎった。

切っ先がヴァージンを貫いて、膣底を荒々しく抉った。子宮に直接、秘棒の衝撃を響かせてやると、ローザは信じられないという顔をした。

悲しみと憤りと、そして虚無感と、すべてがない交ぜになった彼女の破瓜顔を眺めながら、神官は昂ぶりのままに腰を遣いつづけた。

「……い、痛いぃ……んい、んいい……あ、ああ……わ、わたくしの初めてが………」

痛みもあるはずだが、ローザには精神的なショックのほうが何倍も大きいらしい。破瓜させられたと自覚してからは、すっかり大人しくなってしまう。時折、痛みに苦悶の声をあげるものの、焦点の定まらない呆けきった表情のままだ。

破瓜の痛みが収まらないうちから、神官は剛直を激しく抜き挿しして、秘筒の内側をぐぢゅぐぢゅとかき混ぜていく。交合部からは処女喪失を示すように鮮血まじりの蜜が溢れて、ローザの内腿を濡らした。

「あひ、あひぃい……ぐ、ぐう……痛い、痛いぃッ……あぐぐッ……うぐぐ……」

「このまま、最後まで犯して、中にたっぷりと俺の子種を出してやるからな。破瓜だけで済むと思うなよッ！」

「え……な、なッ……わたくしの処女を奪っておいて……それに飽きたらず……なんと恥知らずなッ！」

中出しすると言われてローザは激しく暴れだしたが、男に組みつかれたままで、満足に逃げることもできない。

「……うう、こんなこんなゲス男のものを出されるなんて……」

「いやがっても、避けようのない運命なんだよ。あきらめろ、ローザっ」

神官はローザの豊かな尻たぶをビシビシと叩きながら、腰をぶつけた。スパンキング音と、下腹部のぶつかる軽快な音が絶え間なく響く。

ローザは双尻を平手打ちの連続で赤く腫らしながらも、悪態を吐く。

「もう、おやめなさいッ！　このわたくしをこんなにまでして、許されると思っているのですか⁉　あぐ、あぐぐッ！」

痛みと屈辱のためか、涙をぽろぽろと流しながらも、必死で歯を食いしばって、神官のレイプに耐えていた。

「なんだ？　さっきはあんなにしおらしかったのに、もう元気になったな。けど、ローザらしくて、いいぜッ！」

神官はローザのヒップを打擲しながら、ペニスを抜き挿しする。艶尻を叩くたびに膣がきゅうきゅうと締まって、雁首のエラが妖しく擦りたてられる。凄絶な摩擦悦が背すじを

貫いて、溢れる吐精衝動を必死で堪えた。

「わたくし、処女でなくなってしまって……もう、失うものはありませんの……このままあなたを、地獄に引きずりこんでやりますのよッ！　絶対に許しませんわッ！」

ローザは復讐の炎を瞳に燃えたたせて、強く睨んでくる。鋭い眼光に射抜かれて、神官は武者震いしてきた。

「それでこそ俺の知ってる悪役令嬢だ！　ははッ、いいぜ。その強気な貴族の娘を屈服させて、堕とすのがいいんじゃねえか!?　そらそらッ！」

神官は快哉を叫びながら、ローザの尻丘を幾度も打ち据えつつ、膣奥を穿った。

「な、何を訳のわからないことを言って……んぐ、んぐぅッ……んひぐぅッ……」

子宮に響く振動と、平手打ちの辱めに、ローザはヒイヒイとケダモノのような声をあげて、臀部の柔肉を妖しく震わせた。

蜜壺は妖しく締まって、快楽を感じはじめているのは明らかだ。

「ぐ、ぐぐ……あぐぐ……お尻をぶつなど、無礼ですわ……それに獣のように浅ましく腰を振って、ペニスを出し入れするなど。神官さまは犬畜生以下ですわねッ！」

ただ伯爵家の生まれというプライドがそれを認めさせないのだろう。ローザは全身を愉悦に蝕まれながらも、必死にそれに抗いつづけた。

「そうは言っても叩かれるたびに感じてるだろッ！　おまんこが締まって、んう、んぅうッ、たまねんえぞッ！」

神官は尻打ちのたびに収縮する悪役令嬢の膣ヒダの絡みつきを堪能する。

そうして竿胴の内から迫りあがってくる白濁の滾りを感じつつ、肉槍を振るって彼女を責めたてた。

「あひ、あひぃぃ……あなたになど、屈しませんわ。わたくしは、伯爵家のローザですのよッ！　王子さまにふさわしい、唯一の女ですわッ！」

すでに処女を失って、姫孔を神官にかき混ぜられながらも、ローザは強気の姿勢を崩さない。だがピストンのたびに彼女の雌孔が淫らにシェイクされて、高潔な乙女のそれから大きくかけ離れていく。

「んあ、んああ……こんな、へ、変ですわ……わたくしがレイプで、か、感じるなど……う、うう……ありえませんの……ッ………」

何よりも屹立の抽送に晒されているうちに、痛みが失せて、愉悦が彼女の下腹部を苛むようになっていた。腰をぶつけられて、柔尻をはたかれるたびに、悦びの混ざった喘ぎが唇を割って出たことが、彼女が清らかな乙女ではなくなった証左だ。

そうして神官が膣内を撹拌するたびに、蜜壺はとろとろにほぐれきって、媚肉が精を引き抜かんばかりに艶めかしく吸いついてきた。

甘く蕩けるような秘筒の使い心地を感じながら、神官はローザを犯しつづける。抜き挿しのたびに射精欲求は頭をもたげて、それは次第に大きく成長していった。

「んう、んうぅッ……ローザ、中に出すぞッ！　俺の精液、しっかり受けとれよッ！」

「え……そんな……わたくしの中に出すなんて、許しませんよ。いくら処女でなくても、わたくしに出していいのは、お、王子だけなのですよッ！」

「許しだと？　ふざけたことを言ってんじゃあねえ。俺が出したいときに出すんだよッ！　んんッ、んんんんッ！」

神官はローザの言葉を無視して、彼女の尻肉を掴むと、いきり立った逸物を激しく出し入れした。秘洞がぐちゅ混ぜにされて、高く張ったエラが膣粘膜を妖しく刺激しながら、湧きだした蜜を外へかき出す。

雄根で拡張された蜜孔から淫液が飛沫となってあたりに散った。

「あ、あぁッ、動きが速くなって……だ、出す前に、抜きなさいッ！　もう充分、使ったでしょう。出す前に汚らわしいチンポを即刻、お抜きなさいッ！」

「そんなこと知るかよッ！　そらぁああああぁぁぁーッ!!」

聖職者らしからぬ雄叫びをあげながら、神官は暴発寸前の怒張をローザの膣奥に押しこむと、そこで多量の孕ませ液を爆ぜさせた。

「ひうぅッ、ひうぁあぁあぁッ……中に、わたくしの中にぃぃ……そんな、これは夢ですわ……悪夢ですわぁぁーッ!!」

子宮口に鈴口をぴったりと押しあてたままで、竿胴は激しく脈動する。そうして鈴口から、びゅぐびゅぐびゅぐぐっ、と生殖液を噴きあげつづけた。

ほとばしる精種の奔流は子宮頸を勢いよく突き抜けて、子宮内にたっぷりと注ぎこまれるのだった。

「……な、なんですのッ!?　はひ、はひぃぃ……こ、これはぁ……お腹の中が内側から熱い液でみ、満たされて……奥から、と、溶けそうですのッ……あふぅ、んふぅぅ……」

さきほどまで処女だったローザはいったい自分の身に何が起きているのか、その理解が追いつかないままだ。

目を白黒させつつ夥しい量の白濁を浴びせられて、中出しの愉悦に身悶えする。

「まだ出すぞッ、んう、んううーッ！」

くぐもった呻きとともに下半身を遣って、多量の子種汁をローザの中にぶちまけつづけた。

（……ははは、最高だぜ。あのローザの中に、悪役令嬢さまに中出ししてるんだからよ。このまま孕ませられたら、最高だぜッ）

神官は瑞々しく張った尻たぶを鷲づかみにすると、指を食いこませたままで彼女の姫孔を犯して、中に種付けしつづけた。

ローザは青い顔をしたままで混乱の極みにあったが、彼女の膣は繁殖本能のままにいやらしく蠢いて、雄の種汁を貪りつづけた。

「少しずつだが、おまんこも開発されてきたな。王子のことなんて記憶から消し飛ぶぐらいに、たっぷりと感じさせてやるぜッ！」

「わたくしが、王子を忘れるだなんて？　寝言は寝てからおっしゃったら？　こ、こんなことで、感じたりしませんのよッ……」

彼女の息遣いは妖しく乱れて、隠しきれないほど発情しているのは明らかだ。

同時に彼女の蜜壺は神官の精種を求めて、淫猥に蠕動した。

さきほどまで処女だったとは思えないローザの生々しい膣腔の蠢きに引きずられるよう

にして、神官は我を忘れて腰を打ち振り、無上の快楽に耽溺するのだった。

ローザは神官の手で新鉢を割られてからも、すぐに解放されなかった。

儀式の間で組み敷かれたまま、延々と犯されつづけて、幾度も中に出されてしまう。自分が汚れた身体になったことを終わることのない凌辱を通じて、記憶のヒダに刻みこまれたのだった。

そうして、ぐったりとなったところで、唇に瓶の口を押しつけられて、妖しげな水を含まされた。

「な、何をいたしますの、んぶぶ、あぶぅ……ん、んぶぅ……」

激しい絶叫を繰り返して、ローザの喉はひどい渇きを覚えていた。

そこに流しこまれた液体の爽やかな冷たさが喉を潤し、彼女はそのまま喉を鳴らして嚥(えん)下(か)してしまう。

「んく、んくんく……ぷはっ……これは、なんですの？　瓶は聖水みたいですが……」

聖水というには、かすかな粘度と甘さがあって、不思議な味わいの飲み物だ。

「じきにわかるよ。そら、こっちもだ」

神官はローザの飲んだ水を手に取ると、それを素肌に、そして膣へ塗りつけてきた。

塗られた箇所がカッと熱くなって、むずむずしてくる。特に膣粘膜に染みこむと、妖しい疼きが止まらなくなってしまう。

力なく石床に横たわったままのローザは神官に服をすべて剥がされて、一糸纏わぬ姿にされた。

そうして剥きだしの裸身に妖しい液体をたっぷりと塗られていく。神官の性欲剥きだしのいやらしい手指が素肌を嬲るたびに、火のような嫌悪が噴きあがった。

だが、その感情は聖水を塗られた皮膚で感じるむずがゆさや、火照りに押し流されて、彼の愛撫にされるがままだった。

「はぁはぁッ……これ……本当に、聖水ですの……身体が熱くて、へ、変ですのよ……あふ、あふッ、あふぅぅ……」

ローザは息を妖しく乱しながら、頭がぼうっとするのを感じていた。

塗られた箇所の感覚は鋭敏さを増し、少し手を触れられただけで、そのまま気をやってしまいそうだ。

「……それって、まさか……」

「神に祝福された聖水だ。変なものではないないぞ」

「でも、身体が……そういった淫らな薬が存在すると、き、聞いたことがありますわ……

うう、口にするのも汚らわしいものが……」

「くくく、箱入りの伯爵令嬢さまでも、いやらしい知識だけはあるみたいだな。そのとおり、これは聖水だが、媚薬入りの特別製だ。聖なる祝福の恩恵で、なんの抵抗もなく身体にすっと染みこんでいき、効果を発揮する」

神官は下卑た笑みを見せながら、固く閉じた秘所を強引に指で押し開いて、どぷどぷと内奥へ忌まわしい聖水を流しいれてきた。

「ひゃぁっ……いきなり、中にッ……んあ、んあぁぁ、んあぁぁッ……」

冷たい液体に膣奥を嬲られて、その刺激に腰をビクりと跳ねさせてしまう。

「こいつでセックスの悦びを身体にしっかりと覚えこませてやるぞ」

神官は膣奥に指を押しこんできて、膣粘膜の隅々までそれを塗りこんできた。秘所の内側が灼けつくような熱さに襲われて、ローザはぶるると下腹部を震わせた。蜜壺は淫猥に蠢いて、蜜をどぷどぷと吐き出していく。

(わ、わたくしのおまんこがジンジンして……疼きが収まりませんの……)

ローザはすっかり発情してしまった肢体を持てあましながらも、そのことを神官に気取られないようにする。

だが蜜を垂れ流しつづけるクレヴァスや、薄紅色に染まった裸身。そして乱れた息遣いでは、それを隠すことは難しい。

神官はローザの様子をうれしそうに見下ろしながら、その絹肌を愛撫し、舌で舐めまわしてきた。

（……こんな男に、わたくし……好きにされて……うぅッ……）

乳房や首筋を唾液でドロドロにされて、嫌悪のあまりローザは顔を顰めた。神官は構うことなくローザの瑞々しい肢体を堪能して、昂ぶりのまま再び怒張を挿入してきた。

「……ぐ、ぐぐぅ……また、犯されて……うう、好き放題されて……んい、んいいッ」

ローザは身体を横にされて、片腿を持ちあげられながら、神官の雄根を膣奥に押しこまれた。膣奥へ切っ先が潜るたびに、くぐもった獣のような呻きが唇から溢れた。

「まだ、奥は早いかな。こっちはどうだ？」

神官は少し腰を引くと、ローザの膣の中程をぐちゅぐちゅと犯した。

張った雁首が膣ヒダをすり潰すように荒く擦りつけられて、滲みだした膣汁が勢いよくかき出される。交合部から蜜液の飛沫が散って、あたりはメスの艶めかしい匂いで覆われた。

「どうだって、い、言われましても……もう、充分でしょう……あぐ、あぐうッ……くひ、くひぃぃ……」

延々とピストンを繰り返されて、ローザの膣は次第に犯されることに悦びを感じはじめていた。

神官の剛棒が出入りするたびに、痺れるような愉悦が背すじを駆け上がっていく。

（……ど、どうして、わたくし……下劣なオチンポで、き、気持ち良くなって……こんなのって、ないですわッ！）

額からは汗が噴きだして、幹竿の抽送のたびに下腹部をビクつかせてしまう。だが、ローザは歯を食いしばって、愉悦の喘ぎを堪えた。

（この、わたくしが、こんなゲスに感じさせられるなんて、あってはなりませんの。わたくしを感じさせることができるのは、王子さまだけですわ。う、ううッ）

身体が勝手に感じても、心まで神官に奪われるつもりはなかった。彼女は美しいブロンドを振り乱して、四肢を引き攣らせ、全身で溢れる悦びを耐え忍んだ。

「どれだけ我慢しても、肉体の悦びに心が逆らえるわけないだろ。乳首もいやらしく勃起させやがって。いじったら、すげえ感度だろうな⁉」

「な、何をしますの……あ、ああ、あくぅッ！　ううッ！」

神官はローザの膨乳を激しく揉みしだいて、はち切れんばかりに盛りあがった乳球を淫らにへしゃげさせたり、根元からぎゅむむと絞ったりした。そうしてさらに大きくそり返った乳頭を摘まみあげて、刺激してきた。

「んい、んいいッ……そんらに、されたら……ぐ、ぐぐ……あっぐぅぅッ……」

膨らみきった乳嘴(にゅうし)を強く引っ張られつづけて、快美の電流が胸先の突起から、脳髄へ走った。鋭敏な乳芯を責められるたびに、それが幾度もバストの内側で甘く弾けた。

「つ、強くしないで……はひ、はひぃ……んひぃぃ……んいいッ……」

「乳首だけじゃないぞ。おまんこのほうも激しくしてやるからな！」

神官は胸を責めながら、ローザの秘穴へ幹竿を突きこんできた。切っ先が膣の腹側をごりりりと擦りたててきて、その刺激に悦び混じりの声をあげてしまう。

「……あ、ああッ……あはぁッ……同時になんて、ひ、卑怯ですわッ……んう、んううッ……んふうッ！」

「そんなこと知ったことか、そらそら。乳首もだいぶ感じるんだな。スパンキングに、乳首いじめで感じるとは、お前にはマゾの素質がありそうだな」

膣洞をめちゃくちゃに混ぜ捏ねられながら、乳嘴が取れそうなほどの強さでぐいぐいと引っ張られた。

掴まれた乳頭とともに、紡錘形に張った双乳も前方へパン生地のように引き伸ばされる。そうしてローザは痛みに耐えかね、背すじを反らせつつ豊乳を前へ迫りださせた。

「あひッ、あひぃぃ……乳首も、む、胸までッ、ち、ちぎれそうッ……あ、あぐぐッ……わ、わたくしは、いじめられて悦ぶような、はしたない変態女ではなくってよッ！」

そう抗弁しながらも激しい辱めに対して、痛みや苦しみ以上に、いけない愉悦を見いだしつつあった。

被虐的な悦びの目覚めをローザは理性の力で必死に抑えこんだ。だが神官は畳みかけるようにローザを責めてきた。

「マゾでなくとも、こっちはだいぶ感じるだろう。伯爵令嬢といえども、ただのメスだからな。媚薬の回った身体で、どこまで耐えられるかな」

神官は最大限勃起した怒張で、ローザの秘筒を延々と責めたててきた。抜き挿しのたびに膣ヒダが擦りたてられて、下腹部に悦びが広がっていく。

普通の女ならば繰り返し襲いくる歓喜の波、また波に屈してしまい、自ら腰を振っておねだりを繰り返していただろう。

「……うう、あうう……あぐうぅぅ……わたくしがあなたに感じさせられるなど……あ、ありえませんわッ！」

だが、ローザは伯爵令嬢のプライドを守り、狂いそうになりながらもペニスのおねだりを我慢しつづけた。

「すげえ感じてるのに、頑張るな。そういう強がりなところも好きだぜッ！」

神官はさらに腰を激しく前後させて、秘壺をかき回してくる。膣粘膜が引き出されそうなほどの激しい攪拌に、ローザは息も絶え絶えになっていた。

追い詰められた彼女の鋭敏な箇所を、神官の抽送は集中的に責めたててきた。媚肉が混ぜ捏ねられて、膣の天井にある性感帯に強烈な摩擦悦が注がれつづけた。

「んい、んいい……こんなことで、このわたくしが……あぐ、あぐぅッ………」

どれだけ耐えようと、愉悦はローザの体内を嬲って、全身をどろどろに蕩けさせた。そうして膣内の性感帯を強く擦りたてられた瞬間、彼女はわずかに気を緩めてしまう。

「……あふぅぅ……あ、ああ、いや、いやいやぁーッ！　こんなぁッ、き、気持ち良くなんて、なりたくないのにッ！　こんなチンポで、い、イカされるなんて、いやぁぁーッ！　んあ、んああッ！　んっあぁあああぁぁーッ!!」

ローザは双乳をぶるると波打たせて、頤を大きく反らしながら、ついに至悦の極みへと押しあげられてしまうのだった。

「やっとイキやがったな。でも、これからだからな！」

神官の腰遣いはさらに激しさを増して、果てた膣の敏感な部分を責めつづけた。

「んぐ、んぐぅッ……い、イって……おまんこ、び、敏感になってますのにッ……あひ、くひぃッ……そんらにされたらッ、また、イグ、イグぅぅーッ、ああッ！　あーッ!!」

絶え間ない責めにローザは連続絶頂してしまう。そこに神官の荒々しいピストンが加えられていく。一緒に乳嘴も強く引っ張られ、つねられて、彼女の肢体は間断のない責めに苛まれつづけた。

「んい、んいい、んっいいぃーッ！　わ、わたくし、イカされたぐらいで、屈服するような女ではありませんわッ！　ひう、ひううッ！　んひううぅーッ！」

ローザは膣の中イキを繰り返して、さらに乳首責めでイってしまう。

終わらない連続アクメで、ローザの意識は少しずつ薄れていく。そこにひときわ大きな悦びの爆発がローザを襲った。

「んぁッ、んあああッ……また、アクメするぅ。わたくし、アクメしてしまいますのーッ！　あっあああぁーッ!!」

雄幹に膣奥まで貫かれたままで、ローザは背すじを優美に湾曲させながら、内腿を妖しく痙攣させた。

同時に太幹を咥えこんだ膣口からは、ぶしゅぶしゅと透明な液が噴きあがった。

「あ、ああ……そんな……どうして、こんな……ああッ、ああーッ！」

執拗に膣を浅く責められて、ローザは大量に潮吹きしてしまう。

自分の意思で淫らな放水を止めることはできず、ぶしゅぶしゅと噴きあがった飛沫は石床に幾つもの染みを作った。

「くく、潮吹きまでするとは。ヒトに言えない秘密ができたな、ローザ」

「ううッ……と、止まってぇ……お願いですから、止まってくださいませぇッ！　あう、あうう……はううッ……！」

ローザは顔から火が出そうなほどの含羞に悶えながら、むっちりした白い内腿を妖しく震わせながら愛汁の霧を吐き、あたりを艶めかしく煙らせた。

盛大に潮吹きをしてからのちも、ローザの女体は数え切れないほどエクスタシーを感じさせられて、その悦びの深さを膣に刻みこまれた。

彼女の精神は神官の責めに屈していなくとも、連続絶頂の嵐の中でその肉体は快楽を教えこまれて、淫靡に花開きつつあった。

伯爵令嬢は持ち前の意思の強さで耐え、ただ神官の行為が終わることを待ち望んでいた。

そうして神官の激しい凌辱行為が収まり、身体の内側も外側も忌まわしい男の生殖液でどろどろに汚されてしまうのだった。

「……や、やっと……終わりましたのね……わたくし、耐えましたわ………」

ローザは生臭い精濁液にまみれながら、盛りあがった双乳を大きく上下させる。栗の花にも似た甘い匂いが漂い、精にまみれる嫌悪感は不思議と失せつつあった。

それは彼女の肢体が神官に汚されることに順応し、それを無意識下で欲しているということだ。

だが、ローザ当人には自覚はなく、ただ解放されて、ゆっくり眠りたいとだけ思った。

神官は倒れたまま身動きの取れないローザにピアスを見せた。

「こいつで、そのドスケべな身体をさらにいやらしく飾りたててやるからな」

「……うう、どこまで悪辣な男ですの。犯しただけで飽きたらず……」

ローザは精いっぱいの憎しみをこめて、神官を睨みつけた。

神官は彼女の憤りなど歯牙にもかけず、腫れた左乳首を引っ張ると、鋭い金属製の針を改造したらしい特別な道具を持ちだしてきた。

「んい、んいいッ……そ、それは、なんですのッ！　ぐ、ぐうう……」

「こう使うんだよ。少し痛いが、我慢しろよ」

ローザの左の乳嘴をその道具で挟みこむと、一気に針で突き刺した。鋭い痛みに声さえ出ない。乳先に穿たれた穴にピアスが飾りつけられる。蒼白になるローザを無視して、手際よく右の乳先もピアスが取りつけられた。

「……な……こんな………」

左右の乳首にピアスされて、その卑猥な姿にローザは眩暈しそうになる。

（……わたくしの胸に、ぴ、ピアスだなんて……この伯爵家の令嬢たるわたくしが、場末の娼婦以下ですの……うう……）

胸乳の先端が痛みジンジンと疼く。ローザがたまらず上体をくねらせると、盛りあがった裸乳が揺さぶられて、鋭い痛みにも似た悦びが乳球の隅々にまで広がった。

「……あ、ああ……あふぁぁ………」

鋭い叫びをあげることは堪えられたものの、明らかに悦び混じりの喘ぎを零してしまう。

それは神官も気づいたらしく、にやにやとしたイヤな笑みを向けてきた。

ピアスのせいで乳房全体の感度があがっているのは確かで、特に先端部は顕著だ。少し身体を動かすだけでピアスと胸の突起が擦れて、常にその存在を意識してしまう。もちろんバストの淫らな屹立も収まりそうにない。

（……うう、わたくし、ずっと乳首を、いやらしく勃起させたままで過ごすんですの……あ、ありえませんわ……）

ローザは満面を朱に染めたままで、神官を再び睨む。自分の清らかだった身体を、貶めようとする下劣な男が憎くて仕方ない。

「こ、殺すッ！　あなたのこと絶対に殺しますわッ！」

「いいぞ。できるものならな。どうせ破滅するかもしれない身だからな」

そう言い返されて、ローザは神官を追いこみすぎたことに気づいた。

彼を脅迫して、従わせるつもりが、それが仇になったようだ。後悔しても、もう遅い。

「さ、これで仕上げだ。こいつは淫紋の呪符でな。どんな身持ちの堅いクソ真面目な女でも、サキュバスみたいなビッチになっちまう。そらぁッ！」

「ひ、ひいいッ、お、おやめなさいッ！　わ、わたくしは伯爵家のローザですのよッ！　さ、サキュバスのようになったりなどッ――あ、ああ、あーッ！」

神官に呪符を押しつけられて、そのまま淫らな印が下腹に写されていく。じりじりと灼けるような刺激にローザは妖しく裸身をのたうたせて、絶頂してしまっていた。

「……わたくしは決して、堕ちたりなど、い、いたしませんわよ……んう、んううっ……」

強がりながらも瞳は悦びに蕩けて、秘部からは新たに蜜液が溢れた。呪符を取り去ると、目を覆わんばかりの淫紋が描かれていて、それがローザの身体の疼きを示すように、鈍く明滅していた。

ローザは瞳に涙を浮かべながらも、必死で首輪やピアスを取ろうとした。だが、そのたびに刻みこまれた印が反応して、下半身に悦びの渦が広がっていく。

「……あ、あひ、はひぃぃ……これぇ……な、なんですのッ……あそこがきゅうきゅうって反応してしまって、あえ、あええ……♥」

凄絶な快楽の矢が背すじを貫いて、脳天に抜けた。

「んい、んいッ……んっいいぃーッ♥」

その凄まじさにローザはたちまちアクメしてしまう。

「ピアスを取ろうとすれば、淫紋が反応する。誰かに手伝ってもらって、イクところを見られながらであれば、取ることもできるかもしれんがな。伯爵令嬢さまがビッチな乳首ピアス姿や、イキ顔を見られるのは耐えられんだろうなあ、くくく」

「……ぐっ……こ、このゲス男っ！」

神官の卑劣さのあまりに、全身の血が逆流した。そのまま気が遠くなって、憤死してしまいそうなほどだ。

「ゆ、許しませんわ、決して許しませんわよ……」

「許されなくてもいいが、誰かにこのことを口外したら……わかっているな？　その疼く体を抱えたまま、一生を過ごすことになるぞ。俺に従えば、悪いようにはしない。いいな？」

そう念を押されて、ローザは何も言い返すことができなかった。

「そ、そんな……あ、あふぅ、はふぅぅ…………」

膣が再び甘く収縮し、男のペニスを欲していることは明らかだ。ピアスをつけられた乳頭も痺れるようで、誰かに強く愛撫されたがっていた。

ローザに伯爵令嬢の矜持がなければ、この場で自慰に及び、神官のペニスをねだっていたのは間違いない。

「このわたくしが、あなたになど屈しませんわ。淫紋ごときで、あ、ああ……」

そう喘ぎながら、さらなるシロップがドロりと零れた。

「なあ、ローザ。王子ではなく、俺のものになれ。もっと感じさせて、天国を見せてやる。王子よりも愛してやれるぞ」

今までさんざんレイプしておいて、神官の口から甘い言葉が出てきた。

（なんて、勝手なの、この男……でも——）

ローザを見向きもしない王子よりも、この下劣な神官のほうがもしかすると自分を愛してくれるかもしれない。

ひどく自己中心的で、傍若無人な愛だが、被虐的な悦びに目覚めつつあるローザにとっては悪い相手とも思えなかった。

だが、無理矢理、貞操を奪われた末に手篭めにされるなどローザのプライドが許さない。

「……血筋も、家柄も違いますのよ。わたくしが、あなたを相手にすることなど、絶対にないですわ！　一度、鏡でもご覧になっては——んぐ、んぐぅ、んむぅ……！」

ローザの艶唇は神官に荒々しく奪われ、再びレイプキスに晒された。彼の舌に口腔を凌辱されつづけて、窒息寸前になってやっと解放された。

（……うう、汚い舌でまた犯されて……えうう……）

ドロドロに唾液で汚されて、舐め回されて、激しい嫌悪が噴きあがった。が、同時にそれはマゾヒスティックなゾクゾクするような悦びに変わっていく。

「ま、ゆっくりと考えることだ。俺は焦らないからな」

「な……馬鹿馬鹿しすぎますわ！　世迷い言はおっしゃらないでくださいませ!!」

自らのうちで膨れあがる変態的な悦楽を押し殺しながら、ローザは吐き捨てるように言い放った。

そうしてあたりに散らばった服を掴むと、さっと外套を身に纏う。松明はすでに燃え尽きていたが、もう必要なさそうだ。夜の帳が上がろうとしているらしく、薄明かりが儀式の間に差しこみつつあった。

ローザはフードを目深にかぶると、その奥から神官を忌々しさをこめて睨みつけると、口惜しさに腸を煮えくり返らせながら、その場を足早に立ち去るのだった。

第二章 悪役令嬢ローザをメス堕ち支配 ～淫紋で欲しがり令嬢、孕まセックス～

——数日して。

王宮の中で神官はローザを見かけた。

近づいていくと、彼女は眉間に皺を寄せて、忌々しげに舌打ちをする。

（……すげえ嫌われぶりだな。ま、当然か）

そのままローザは視線もあわせず、神官の脇を通りすぎた。

すれ違いざまにスカートがふわりと揺れると、そこからメスの濃厚な匂いが漂ってきた。

頬は上気して薄桃色に染まっていて、淫紋の常時発情効果は続いているようだ。

堕ちていく身体の変化をすっかり受け入れてしまえばもっと楽になれるのだろうが、ローザは疼く自らの女体と孤独な戦いをつづけているようだ。

神官は少し距離を置いて、ローザの後を追った。

彼女はずんずんと先へ進んでいくが振り返ることはない。もしかすると、神官の尾行に気づいていないのかもしれない。

ローザは狭い通路を抜けて、ひとけのない地下へ降りていった。

（……まさか、ローザのやつ）

誰もいない場所、そして疼く身体をひとり持てあます女。神官は妖しい期待を抱きながら、ゆっくりと歩を進める。

やがて階下から、予想どおりの生々しいメスの啼き声が聞こえてきた。

（この喘ぎ声……やはり、予想どおりだな……）

神官は足音を忍ばせて階段を降りると、声が次第に大きくなる。

そうして艶っぽい喘ぎの響く階段下を覗くと、そこで壁にもたれ掛かったままで、ひとり淫らな行為に耽るローザがいた。

彼女はあでやかなドレスのスカートに手を突っこんで、指先で秘部をまさぐって、火照る身体を慰めているようだった。

艶めかしい喘ぎが切れぎれに濡れ唇から零れて、ぐちゅぐちゅと淫猥な水音が狭い空間にこだました。

ローザの立つ石床には水滴が幾つも散って、腕のかすかな震えとともにさらなる飛沫が滴った。

絹ドレスのスカートの下で、しなやかな指先と濡れたクレヴァスの生々しい自慰の競演が繰り広げられていることは想像に難くない。

神官は息をひそめて、その痴態にじっと見入った。

彼女はケダモノのように息を乱し、前に大きく迫りだした乳塊をぶるぶると振り乱して、自慰に溺れていた。

伯爵令嬢の生オナニーの迫力に、神官は自らの雄根が荒ぶるのを感じていた。だが、その場を乱そうという気にはなれず、得がたいショーを楽しんだ。

やがてローザは大きく背伸びするようにして、一オクターブ高い声で喘ぎつつ、全身をビクビクと跳ね躍らせた末、その場にへたりこんだ。

「……あ、ああ……はぁはぁ……はぁッ…………」

果てたことは間違いなさそうで、瞳はうっとりと虚空を見つめていた。

(王宮でオナニーとは、思った以上に、ふしだらな身体になってきているようだな……)

先ほどの嫌悪巻を露わにした様子から、まだ開発は進んでいないと神官は判断していた。だが、それは表向きローザが取り繕っているだけで、彼女の内面はすでに堕ちかけているようだ。

神官は少し思案してから、このままローザを責め堕とすことに決めた。

何より目の前で淫らな自慰姿を見せられて、神官の怒張は収まりそうになかった。ローブの前を膨らませながら、静かにローザへ近づく。そうして自慰後の放心状態にある彼女に後ろから抱きついた。

「あんッ……あ、あなたは……何をなさいますのッ！　いや、いやッ……さも当然のように、抱きついてこないでくださいませ！」

「今、慰めていたのは見ていたぞ。このまま俺が気持ち良くしてやろう」

「……うう、覗き見とは……なんという……」

「他の者でなくて、良かったな。ローザ。王宮でオナニーなどと他の女官や家臣たちにバレてしまったら、王子の花嫁候補どころではないぞ」

「……わかっていますが、身体が疼いて……もうわたくしを元の身体に戻して……お願い……あ、ああ……」

神官に抱きしめられているだけで、ローザの発情ぶりはますます激しさを増していくようだ。彼女の瞳は熱く濡れて、抵抗する力も緩まっていった。

「……素直になったらどうだ？　ん？」

ローザのスカートに手を潜りこませると、むっちりと張った生腿を揉みしだき、その柔らかさを楽しむ。

そうして蜜を垂れ流しつづける秘部へ指先を押しこみ、そこを浅くかき混ぜてやる。激しい濡れ音が響き、手首まで淫汁でドロドロになった。

「あひ、はひぃ……これは違いますの……うぅッ……」

「何が違うんだ。こんなに濡らす女は他にいないぞ。くく、伯爵家の令嬢はとんだビッチになっちまったなぁ？」

「全部、あなたのせいですのよ。毎晩オチンポが欲しくて、たまりませんの。でも、わたくし、負けませんわよ。自分から男のモノを欲しがるなど、あってはなりません……」

「欲しいなら、俺のチンポをやるよ。さあ、こっちだ」

神官はローザの手を引いて、地下の空いている部屋へ彼女を連れこもうとした。

「……そんな、今……されてしまったら……わ、わたくし……もう……」

ペニスに飢えた今の状態で犯されたら、その相手に完全屈服してしまうことを本能的に悟っているのだろう。

自身の女体も、そしておまんこも激しくオスを欲しているのをわかっていながらも、ローザは必死に抗う。

その強情さを愛らしく思いながらも、神官は手近な小部屋へ無理矢理、彼女を引きずりこんだ。

そこでローザのドレスを剥いで下着姿にしてやる。

露わになった彼女の下着は伯爵令嬢の身につける、高貴で清らかなものではなく、最下層の娼婦でさえ毛嫌いしそうなほどの破廉恥な下着だ。

性器を覆うべき箇所には布地がなく、膣はいつでも犯してほしいとばかりにハート型に切り抜かれていた。

そうして胸元も同様で、爆乳の先端がハート型のくり抜きからはみ出していて、膨れた乳嘴（にゅうし）と乳肉の生々しさがいっそう強調されていた。

ローザが自発的に淫らな下着を身につけていた事実に、神官はほくそ笑む。それは彼女の開発が進んでいることの証だからだ。

「なんだ、このドスケベな下着は？　伯爵令嬢さまの特注品かぁ？」

「……ぴ、ピアスがブラに当たってしまって……か、感じてしまいますから……それで、こんな下着を……うぅッ……」

ローザはビッチな下着をつけたまま直立して、微動だにしない。神官は、その周りを歩いて、美術品でも眺めるように、全方位から彼女を視姦していく。ねばつくような視線を女体に浴びながら、ローザはぶるると柔肌を震わせた。

ピアスで飾られた乳首は、数日前とくらべて明らかに肥大化していた。ずっと勃起状態が続いた末に、そのまま成長したのかもしれない。

「穴の開いた下着というと……こういうものしか手に入りませんでしたの……そんなにじろじろと見ないでください。ぶ、無礼ですのよ！」

「本当にそれだけか？　もしかしてエロ下着を着て歩いて、男に輪姦される妄想に耽っていたんじゃないのか？」

「……そんなことは決して……あ、ありえません！　ありえませんのッ！」

ローザは一瞬、不安そうな顔を見せるものの、すぐに虚勢を張って強気な態度を取った。

だが、疼く身体を持てあまして、いやらしい格好や妄想でなんとか気持ちを抑えようとしていたのは明らかだ。

それでも妄想から一歩外へ踏みだして実際の行為に手を染めることには、まだ迷いがあるのだろう。

卑猥さ極まる下着姿を晒しながらも、その視線は神官から外されたままだ。自ら求めてくるような感じではないが、先日のように暴れて、逃れようという気配もなかった。

（いい仕上がりっぷりだ。もうひと押しだな）

神官はローブの懐から黒い皮の首輪を取りだすと、彼女に見せた。

「俺の奴隷だという証拠だ。こいつをつけて、たっぷりと可愛がってやる」

ローザの顎先に指を掛けて上を向かせると、さらけ出された生白い喉元に首輪を巻いて、しっかりと締めてやる。

皮革のベルトが細首にかすかに食いこんで、息苦しそうだが、ローザは何か言葉を発することはなく、されるがままの状態だ。

「似合ってるぞ、ローザ。伯爵令嬢の奴隷とは、またいいな。くく」

「首輪だけですの？　わたくしが奴隷とおっしゃるのなら……す、好きになさって結構ですのよ……」

ローザは奴隷という言葉に反応したのか、ビクんと下腹部を震わせた。身体を固くしながらも、逆らう様子はない。あとはじっくりと料理していくだけだ。

「好きにとは、ここにハメてほしいということか？」

彼女の耳許でじらすようにねちっこく囁（ささや）きながら、神官は指先を淫裂へ這わせていった。

「……そんなこと……わ、わかりませんわッ！」

ローザは耳まで赤くしながら、神官の問いに顔をそらせる。切なげに呼気を吐きながら、愛液をどぷどぷと滴らせた。指の股に液が絡んで、ねばったかすかな糸を引く。

ハート型に開いたクロッチ部から緩みきって、ぱくぱくと開き閉じする秘口がはっきりと見えていて、彼女の犯される準備は充分できているようだ。

神官はかすかに押しこんだ指先で膣口をくちゅりくちゅりと、スローペースで愛撫し、秘壺の渇きをいっそう激しく煽りたててやった。

「立ったままだと、できないからな。そら、しゃがめ」

「……うう、しゃがんだら……」

「丸見えだが、仕方ないだろう。そら足を開け」

ローザの足を開かせると、そのまま彼女にしゃがませた。閉じようとする股を大きく開かせて、淫らな蹲踞（そんきょ）を楽しんだ。

（これが伯爵令嬢のあのローザだと思うと、本当にそそるよな。くくく）

神官はお気に入りの悪役令嬢を辱めながら、これ以上ないほどの満足を覚えていた。彼女はしゃがんだままの大股開きでいても、どことなく気品を漂わせていて、そのギャップが神官の逸物を荒々しく猛らせた。

いきり立つ性器に満足しながら、ローザの間際に座る。彼女の艶腰をぐっと引き寄せて、自らの上に跨がらせる。

そうして、ローブの下に隠れた剛直を彼女に見せつけてやる。

硬く張り詰めた穂先からはカウパーが滲んで、雁首を照り輝かせていた。凶悪なまでにそり返った竿胴は血管を妖しく浮きたたせていて、ヒクヒクとかすかな律動を見せた。

劣情の漲り（みなぎ）に誘われるように、ローザはごくり、と白い喉を震わせる。

「……あなたのこれ……目の前で見ると、思ったより大きくて……」

彼女は前のめりぎみになって、神官の怒張へ熱っぽい視線を注いだ。忙しなく吐かれた熱い息がかかりそうなほどだ。

「どうした、欲しいのか？　それなら、しっかりとおねだりしないとな」

「お、おねだりなんて……そんな、ふざけた真似、わたくしには、で、できませんわ……はぁ、はぁはぁッ……」

淫紋の施されてのち、数日にわたって放置された膣は切なく疼き、男の性器を欲しがっているのは簡単に想像できた。

だが、いくら身体が渇望に喘ごうとも、彼女は平民の女ではない。伯爵令嬢の高いプライドが、はしたないペニス乞いをさせずにいるのだろう。

「……う、うう……わたくしは、おねだりなど……あふ、あふぁぁ……あはぁぁ……」

ローザは顔から発火しそうなほど赤くなって、呼吸を大きく乱す。全力疾走したあとの犬のように呼吸を荒く乱して、緩みきった唇から舌先を淫らに零した。

同時に彼女は細腰を艶美に揺さぶって、神官の固く鍛えられた太腿にぬかるんだ恥部を擦りつけて、自慰めいた行為に及んでしまっていた。

「こ、こんな……あそこを擦りつけてしまって……んあ、んああ……んあはぁぁ……」

ただ男に飢える身体を抑えこむことはできず、神官の足に股座を擦りつけて自慰に及び、その痴態を晒してしまう。

「もう。素直になれよ。すぐにチンポ入れてやるよ。こんなに欲しがって、太腿オナニーまでして、頑張らなくてもいいだろ？」

「それは……い、言わないでぇ……こうして、いないと、あふ、あふぅぅ……おかしくなってしまいそうなのですの……けど、お、おねだりなどできません。できませんのッ！」

「それも時間の問題だけどな。ローザのいやらしいオナ姿を見てたら、俺のほうが我慢できなくなっちまった。そらッ、入れるぞ！」

神官は跨がったローザの腰を少し浮かせてやると、彼女はまるで挿入を誘うかのように太腿をいやらしく割り開いてきた。

神官はそり返った太幹の先から熱い液を噴きださせつつ、舌なめずりする。

「……はひ、はひぃ……お、オチンポ……うう……」

ローザの熱い眼差しがそこに注がれた。浅ましく男の性器を欲しがる顔は、高貴な悪役令嬢のそれとは思えない。

（……あと、少しだ。くくくっ）

神官はローザがただのメスに堕ちつつあることを確信しながら、雄々しく聳え立った剛棒を彼女へ叩きこんだ。

「王子にいくら義理だてしても、意味はないぞ。そらぁッ！」

「んうッ、んううッ……ぎ、義理だてなんて、王子さまは関係ありませんの……あう、ぁううッ……！」

屹立の突きあげを受けて、ローザは上体を淫靡にうわ反らせながら、叫びにも似た嬌声を零した。そうして蜜壺が抽送のたびにきゅうきゅうと収縮して、神官の雄根を締めつけてきた。

「あいつはローザ、お前じゃなく、モニカがお好みなんだ。そのことは自分でも良くわかってるんだろ？」

神官はローザの媚肉をかき分けて膣奥を切っ先でノックしながら、彼女の王子への思いを責めたてた。

「そんなこと、ぁ、ありませんわ……モニカさんのほうへ少し気持ちが揺らいでいるだけで、そのお心はわたくしの許にありますのよッ……んひ、んひぃ、んいぃッ……！」

ローザは膣をかき混ぜられて、摩擦悦に襲われるたびに神官の上で淫らなダンスを見せながらも、王子を必死に思いつづけた。

「あ、ああ、あーッ！　いくら汚されても、堕とされても、わたくしは王子さまだけのものですわッ、あはぁぁーッ！」

ローザの一途な思いを叩き壊してやりたくて、神官はさらに激しく腰を遣って、彼女を追い詰めていく。

膣粘膜が荒々しく攪拌されて、じゅぶじゅぶと潤沢な濡れ音が響いた。そうして怒張の先端が膣奥の秘環を抉（えぐ）り、子宮への入り口を押し開くのだった。

「ひぎ、ひぎぃぃ……ひぐぐぅぅ……そんらに激しくされたら、し、子宮にずんずんっれぇ、ひ、響きますのッ、ひう、ひううッ……」

「響いたら、どうなるんだ？　感じて、イっちまうんじゃねぇのか⁉」

下腹部を跳ねあげて、槍先を子宮口へ押しつけながら彼女を嬲（なぶ）りつづけた。

「ち、違いますわ。わたくしは、決して感じてなど……んう、んうう、んふぅぅッ！」

ぶるぶると顔を左右に振って神官の言葉を否定しながらも、ローザは自らも淫猥に柔腰を上下させてしまっていた。

「じゃあ、この動きはなんだ。いやらしくチンポを貪ってるんじゃねえのか？　口で欲しがらなかったら、何してもいいのが伯爵令嬢流なのかよ。くくッ」

「うう……わたくし、もう我慢できませんのよ。あなたに奇怪な印を植えつけられて、昼も夜も、ずっと疼く体を持てあまして。んぁ、んああッ……」

　ローザは自ら秘部に手を添えて、いやらしく尖ったクリトリスを細指でまさぐりながら、ヒップを大きく上下させる。

　腰同士がぶつかるたびに、むっちり張った臀球が大きくへしゃげて、柔肉の打ちあわされる音が幾度も響く。膣ヒダが別の意思をもった生き物のように、生々しく雁首に巻きついて、吐精を促してきた。

「んい、んいい……んひぎぃぃ……そんなに奥ぅぅ、ぐりぐりされたら……き、気持ち良くなって……い、イクぅ、わたくし、い、イってしまいますのッ！　は、激しく、しないでぇぇーッ！」

　そうして自在にうねうねと蠢いて、生々しく吸いついてくる蜜壺とは裏腹に、ローザは神官に跨ったままで羞恥に顔を紅潮させて、余裕なさげに悶えた。

「そのために激しくしてるんだよ。そらッ、俺がめちゃくちゃにイカせて、王子を忘れさせてやるぜ。んッ、んんッ！」

　神官は下腹部で妖しく滾る精液の感触を楽しみながら、ローザの膣奥へ雄竿を打ちこみ

つづけた。

ピストンのストロークを大きくして、子宮口へずぶぶと剛棒の穂先を潜りこませると、強引にそれをこじ開けた。そうして子宮頸をぢゅぶぢゅぶと乱暴にかき混ぜていく。

「ひぁ、ひぁぁッ！　そんなところ、混ぜられてしまったらぁ、んひ、んひぃ……子宮に直接、ひ、響いて、頭の中、真っ白になりますわッ！　んひぎぃッ！」

「真っ白になって、そのままアクメしちまえよッ！　俺の上でいやらしく乱れまくるローザの姿、最高だぜ！　まるで夢みたいだ。ずっとこうしたかったんだ！」

乱れるローザに煽りたてられて、神官は怒張を激しく抜き挿しして、彼女の膣壺を凌辱しつづけた。

「ひぐ、ひぐぅ、ひぐぐぅッ！　こんな……い、いやらしい姿を見られるのはいや、いやですわッ、あ、ああーッ！」

「でも、感じちまって、やめることもできないんだよな。見られるのも、責められるのも感じるんだろッ！　このままイって素直になれって！」

神官はローザの膣奥へ激しい責めを加えながら、ピアスで飾られた淫靡な乳嘴を強く引っ張ってやる。

膣に注がれる喜悦だけで蕩けきっていた女体に新たな刺激が与えられて、彼女は喉奥から歓喜の叫びをあげてしまう。

「んいいーッ、ち、乳首は敏感ですから、そんなに引っ張らないでくださいませッ！　んああッ、んっあぁぁーッ！」

「これだけ膨らませて、いやらしい女だ。感じてるの、まるわかりだぜ。ずっと乳首も、おっぱいもいじってほしかったんだよな⁉」

「……うう、言わないで……こんないやらしい身体にしたのは、あなたですのよッ！　わ、わたくし、何も知らない清らかな乙女でしたのに……四六時中、ずっと淫らに疼く身体に変えられるなんて……想像もしませんでしたの……あひぃ、くひぃぃッ！」

　ローザは胸先のピアスを軽く弾かれるだけで、顎先を大きく突きだしながら叫びをあげてしまう。

　彼女はピアスを指先で弾かれて、バストの膨らみを根元から絞られて、ひいひいとケダモノのように啼きつづけた。

「……んい、んいい……乳首、い、痛いぃ……痛いのに、感じて……もっと嬲って欲しくなってしまって……こ、こんな恥知らずな身体にされてしまって、わたくし、もう生きていけませんの……うう、いっそ殺してくださいませッ！」

「言うじゃねえか。でも、これだけよがって、へこへこと腰振って、殺してだと？　イカせての間違いじゃないのか⁉」

「ぐ、ぐぐ……うう……もう死にたいですの。これ以上の辱めに、耐えられませんの……

あひ、あひぃ、んひぃッ！」

ローザは乳頭を嬲られながら、延々と膣をかき混ぜられて、女体を艶めかしく波打たせながら、蜜液を溢れさせつづける。だらしなく緩みきった唇の端からは涎が滴り、切れぎれに喘ぎが零れた。

伯爵令嬢の痴態に神官の劣情はますます高揚する。彼女の膣を激しく嬲りつづけ、子宮口を亀頭で幾度も犯した。

開ききった子宮口は幹竿の先をやすやすと受けいれて、逆に射精させようと淫らに吸いついてくる。

「王子なんかよりも、俺のものになれよッ！　毎日、めちゃくちゃに犯して、ひいひい言わせてやるぜッ！」

「そんな……ま、毎日こんなことをされたら……あ、ああ……わたくしがわたくしでは、なくなってしまいますのッ！　ひぐッ、ひぐぅぅ……ひぐぐぅうぅぅーッ！」

ローザは抵抗をやめて、何かに憑かれたかのように艶腰を振りたてて神官の秘棒を貪りつづける。そうして執拗な乳首責めに露出した双乳を妖しく震わせて身悶えした。

「じきに恥ずかしいのも、屈辱さえも、すべて快楽に変えてやるからな。そらそらッ！　ああ、本当に美しいぞローザ。気高いお前が、いやらしく乱れて、メスに堕ちていく姿、たまらなく魅力的だ」

「……そんな、わ、わたくしが美しいのは当然ですのよ。ゲス男に言われても、う、うれしくもなんともありませんのッ！　ひい、んひぃっ！」

「その強気で、素直でないところもいいな。そらッ、そらそらッ！　このままアクメしろッ！　このまま連続でイカさせて、このチンポの味を教えこんでやるッ!!」

神官は下腹部をローザへ打ちつけながら身体を起こすと、彼女を強く抱きながら、その蜜壺が溶けて崩れてしまいそうなほど、激しく混ぜ捏ねつづけた。

「んい、んいいッ！　し、子宮にガンガンきてぇぇ……そんなぁッ……い、イク、イクぅ……イってしまいますのッ！　こんなに強引なセックスで、このわたくしが——い、いやぁッ！　いやぁあああぁーッ！」

「伯爵令嬢さまがおまんこで気持ち良くなる顔、しっかり見ててやるぜ！　そらぁッ！」

ローザの細腰を強く引き寄せながら、子宮内に鋼のような硬さの怒張を叩きこんだ。

「ひぐ、ひぎぅッ！　ひっぐぅうううぅぅぅーッ!!」

彼女は子袋でしっかりと剛棒を受けとめて、喉奥からメスの叫びを迸らせながら、火のようなオルガスムスに貫かれた。

「……うう、このわたくしが……簡単に、い、イってしまうなんて……王子さま、お許しくださいませ……でも、こ、心までは奪われておりませんの……」

愉悦の悦びに全身を苛まれて、緩んだ口の端から涎を垂れ零しながら、ローザは王子に謝罪した。下劣な神官に果てさせられたことがよほど屈辱で、そして操を立てている王子に対して申し訳ないと思ったのだろう。

だが、その言葉が神官の嫉妬を煽り、ローザを堕とすという決意を新たにさせた。

「その王子のこと、必ず忘れさせてやる。まずは一回目だ。まだまだイキ地獄は終わらないぞ！」

果てたローザの蜜壺に、さらに小刻みにピストンを加えていく。

エクスタシーを覚えて、感度の跳ねあがった膣孔が激しく刺激されて、彼女は再び悦楽の高みへと飛翔させられた。

しかもさきほどの絶頂の余韻がローザに残ったままで、歓喜が重なって彼女を追い詰めてきた。

「んい、んいい、んひぃぃ……い、イったばかりで……まだ、い、イキ終わってないのに、んいひぃぃ……あひっ、あひぃぃーッ！　そんらにされたら、イクぅ！　ま、またッ、あくぅぅーッ！」

膣袋を雄槍で叩かれ、粘膜ごと大きく引き伸ばされて、ローザはたちまち悦楽の極みに達した。そうして彼女は終わりのないエクスタシーに襲われつづけた。

「イってるローザ、いいぞ。俺のチンポでアクメしまくってると思うと、興奮して腰が止まらねえ。んう、んううッ！　そら、イケ、イキまくれッ！」

「ひぎ、ひぎぅッ！　んひぐぅッ！　また、い、イクぅッ、イクイクイクぅーッ！　ああッ！　あーッ！　あはぁーッ！　い、イグの、止まらな゛いいーッ！　ん゛いいーッ!!」

神官に跨がったローザはビッチ下着のままで、いやらしく肉付いた肢体を痙攣させて、果てつづける。

連続絶頂するローザの痴態を楽しみながら、ゆっくりとペニスを突きあげる。貯まった子種が出口を求めて、神官の下腹部で熱く煮え滾った。

溢れて、迫りあがってくる射精欲求を楽しみながら、じゅぶじゅぶと雌穴を攪拌して、膣内の敏感な箇所を擦りたてて、膣奥を貫いてやる。彼女はケダモノの呻きにも似た喘ぎを、滴る涎とともに零した。

「んい、んいいッ、んひぃぃぃッ！　ま、またぁ……い、イグっ、イグぅぅーッ……ひぁ、ひぁぁあぁあぁーッ!!」

濡れた唇を緩めて、法悦に陶酔しきった表情をローザは晒す。だが、神官の責めるような視線を感じて、すぐに顔を引き締めた。

「……うう、わたくしのいやらしい顔、み、見ないで。こんな姿、王子さまにも見せたことないのに……ひぎ、ひぎぃぃ……び、ビッチなわたくしを見ないで……あなたには見られたくないッ！」

ローザは両手で顔を覆うが、各所をハート型にくりぬかれた卑猥さしかない下着をつけていては、その貞淑な素振りもかえって滑稽だ。

「王子のことは忘れろっ。お前はもう俺の女なんだ。ローザっ！　ん、んんッ！」

「ち、違います……そんなことは決して、わ、わたくしは心までは許しては、お、おりませんのッ！　これは身体が勝手に♥　んひ、んひぃぃ……あ、アクメっ、してるだけですわーッ♥　んっはぁあああぁぁーッ♥♥♥」

ローザは太腿をがっちりと神官の腰に絡めて、艶尻を振りたくって、幾度も随喜の頂きを極める。

彼女の荒ぶる情欲はとどまるところを知らず、さらに至悦の高みを求めつづけて、淫らなロデオに興じるのだった。

「伯爵令嬢さまのイキっぷり最高だ。それも俺の上でイキまくってるって思うとな！」

神官は暴発を押さえながら、屹立を上下させてローザの子袋を荒々しく揺さぶった。果てすぎた彼女の女体は、中出しを誘うように子宮を大きく下げてきていた。

本来ならばありえない場所で、切っ先が子宮口を捕らえると、その入り口をぢゅぶぢゅぶと犯していく。

「あひ、あひぃ……あ、赤ちゃんのお部屋、また責められて、ひぎ、ひぎぃぃ……」

「なあ、ローザ。この数日、欲求不満で辛かっただろ？」

「そ、そんなことは……あぐ、あぐぐッ……ありませんの……あん、あんんッ！」

「つまらないウソをつくな。ローザの子宮まで、俺のチンポを欲しがってるクセによ。その強がりぶりは、たまらないけどなッ」

神官がローザの子宮頸にずぶりと雄槍を潜らせて、その内側をぐちゅぐちゅと混ぜると、その衝動でローザは釣られた魚のようにビクビクと裸身を震わせて、果てつづける。

「なあ、こうやってイキまくってたいだろッ!? 俺に従うなら、ずっと天国を見させてやるぜ。王子さまじゃあ、こうはいかないよなッ！」

「だ、黙りなさい。こんなビッチな身体にしたのは、あ、あなたなのですよッ！ のろわしき禁呪になど、わたくしは、ま、負けませ——ひぃ、ひっあぁぁぁーッ♥」

言葉の終わる前にローザは再びイカされて、ビクビクと四肢を痙攣させると、そのままだらりと弛緩させてしまう。

表情はアヘ蕩けきっていて、口からは訳のわからないうわごとが零れた。ローザの高貴な精神はすり減り、抵抗の気力は失われつつあるようだ。

「これで終わりだ。俺の子種で壊れるぐらいイカせてやるッ！ うおおぉぉーッ!!」

神官は荒々しく腰を跳ねさせると、彼女の子宮口をずぶぶと刺し貫いた。

そうして子宮の中心で、濃く煮詰まった子種液を勢いよく迸らせた。

「んいい、んいいひぎぃぃ……熱くて、ドロドロのが、中で弾けてッ……こ、これぇ……す、凄すぎますのぉーッ♥ ひぎぅ、ひぎぐぅぅーッ♥♥」

子袋内でのゼロ距離射精にローザは目を大きく見開いたまま、起きたことの衝撃が未だに信じられないようだ。

そうして神官が種付液を吐きだすたびに、彼女の恥丘に刻まれた淫紋は鈍く明滅して、その持ち主が中出しで果てつづけていると教えてくれていた。

「あ、ああ……熱い、熱いいッ……こんな、中出しで、き、気持ち良くなってしまってッ！　あひ、あひぃい、か、感じすぎですわッ……ひあッ、ひああーッ！」

股をこれ以上ないほど大きく開脚して、艶やかな内腿を妖しく引き攣らせながら、ローザは中出しで連続的に達しつづけた。

「お、お腹の中も、ドロドロに溶けて、内臓まで気持ち良さで流れだしてしまいそうですのぉ……おふ、おふぅぅ……んふぉぉ……」

「くく、それが淫紋の効果だ。ただチンポが欲しくなるだけじゃない。セックスや中出しでより深い悦びを感じられるようになる。言っちまえば、魔物のサキュバスになっちまうのと同じことだ」

「……わ、わたくしが……ま、魔物に……それも、あんなはしたない、あ、ああ、あはぁあ……あひ、あひぃいーッ！」

ローザはさらに多量の生殖液を流しこまれて、その熱に背すじを灼かれながら、ひときわ盛大に絶頂した。

夥しい量の白濁粘汁がたちまち子宮を膨れあがらせて、清らかな白さを持つローザの下腹は艶めかしい張りを見せた。

「ま、まだ……出されて……う、うう……わたくしの子宮、膨れて……さ、裂けてしまいますの……あえ、あええ……あへぁぁ………」

ローザは精粘液に子宮内膜を犯されて、かすかに膨らんだ腹部をぶるると妖しく震わせた。感じているのは顔を見れば明らかで、うっとりとした瞳のままでさらに生で注がれる精液の熱と濃さに酔い痴れているようだ。

神官は腰を小刻みに動かして、子袋内へ灼熱液を吐きだしながら、ローザへ甘く囁く。

「中に出されるのも悪くないだろ。俺なら、いつでもこうやって中出ししてやる。伯爵家の令嬢でも関係ない。たっぷり出して、孕ませてやるぞ。んうッ、んううッ！」

「そ、そんなこと……わかりませんの……あ、ああ……あはぁぁ……」

種付けされながらも、ローザの絶頂はつづいているらしく、肉づきの良い肢体を小刻みに震わせつづける。交合部からは体内を満たしきった乳粘液が逆流して、神官の根元に溢れだした。

そうして中に熱汁を浴びせられるたびに、ローザはぶるぶると身体を震わせて、愉悦の頂きに飛翔した。生出しされながら、彼女は刻まれた淫らな証が次第に身体へ馴染んでいくのを感じていた。

それは種付けされ、孕まされることの愉悦をローザ自身が求めて、また感じつつあるということだ。

「……あ、あぁあッ、あひぃーッ！　またぁ……どばどばっれぇ、子宮にザーメン出されてぇーッ♥　わ、わたくし、イグ、イグイグイグッイグぅうーッ、い、イキますのぉぉーッ♥　んっほぉおおおぉおぉーッ♥♥♥」

ローザは頤をそらして、卑猥なピアスで彩られた膨乳を上下左右にゆさゆさと振り乱しつつ、生出しアクメをキメるのだった。

「いい顔だったぞ、ローザ。正直、良かっただろ。そらッ、もう何回でもイカせてやるぞ！」

「そ、そんな……い、イク顔を褒められるなんて、あ、ああッ……そんらにオチンポっ、突き上げられたらッ！　し、子宮ぅぅ、潰れるぅううぅッ♥　んふぉおおぉーッ♥」

彼女は裸身を艶めかしくうわぞらせながら、再び喜悦の高みに昇った。

「もう、俺がいるから、王子は必要ないよな。ローザっ」

「え……あ……それは……王子さまは……あぐ、あぐぐぅ、んっぐううぅーッ♥」

ローザが王子への好意や思いを口にする前に彼女の子宮を責めて、奥にたっぷりと種付けしてやる。王子への熱い思いも、忠義だてする気持ちも、何もかもが多量の白濁液に押し流されていく。

「あ、あえ……そんな、わたくしは……あう、あうう……ああ、あっあぁーッ♥♥」

「王子はこんなに中出ししてくれるか？　ローザのビッチな姿を受け入れてくれると思うか？　俺なら、お前の高慢なところも、ドスケベなところも全部受け入れてやるぞッ！　そらそらッ、これがお前の欲しがってるものだろッ！」

神官は怒張で子宮奥を犯して、さらに粘汁を溢れさせた。入り組んだ膣ヒダや子宮の隅々までザーメンで満たされきって、新鮮な精子がローザの卵子を求めて、激しく蠢きつづけていた。

「ち、違いますの……わたくしは伯爵家のローザっ。中出しで悦ぶような、ビッチでは……ひう、ひうう……熱々のザーメンが、また出されて……ひあッ♥　ひあぁぁーッ♥♥」

舌根の渇かぬうちからローザは精濁液を注がれて、絶頂してしまう。その事実に彼女の心は折れそうになる。

さらに生で精を放たれて、ローザは記憶が飛びそうなほどの悦楽を覚えつづけた。淫紋が貪欲に反応して、中出しの悦びを何倍にも増幅していく。

快楽の前に、伯爵家の令嬢という立場も、王子のことも、次第にどうでも良くなってきていた。

ローザはケダモノのように腰を振って、神官の怒張を受けとめて、中出しのたびに金切り声をあげて、悶えた。

「し、神官さまぁ……あ、ああ……中出しで、わたくし、またぁ、アクメぇーッ♥　いはあッ♥　いっはぁあああぁーッ♥♥♥」

「いい、イキっぷりだ。このまま、俺のものになれ。大切に可愛がってやるぞ」

神官はローザに甘い言葉を囁き、彼女を支配しにかかった。

「え、あ……そんな……くひ、くひぃぃ……こんなわたくしを愛してくださるんですの……うう、あなたに変えられてしまったとはいえ……精液を欲しがるようなビッチなのですよ……」

「王子なら、絶対に愛さないだろうが、俺なら愛してやる。もうあいつのことは忘れろ！」

「あ、ああ……そんな……また中に、んい、んいい……いっぱい出されて……本当に子供が、で、できてしまいますの……あ、ああーッ！」

「そら、もっと出してやる。しっかり受け止めろッ！　んんんんッ！」

「そ、そんな……んひ、んひぃぃ………」

子宮を洗うほどの多量の子種を浴びせられて、ローザはぶるぶると上体を震わせる。果てながら、さらに果て、また果てる。

彼女は伯爵令嬢の殻を脱ぎ捨てて、性欲剥きだしのメスに堕ちながら、絶頂を重ねつづけるのだった。

「……こ、こんらにイカされて、生で出されてぇ……き、気持ちいい、気持ち良すぎですのぉ……あはぁ、あはぁぁ……イキすぎて、頭の中まで溶けてしまって……わたくし、もう、元の伯爵家のローザに戻れませんの……あえ、あえぇぇ……んぇぇ………♥」

ローザは神官に跨がったまま、腰まで伸びた麗しいブロンドを妖しく乱して、噴きだした汗と愛液を散らして、肉便器と呼ぶにふさわしい堕ちきった――だが、それゆえに神々しい――姿を晒した。

「いっぱい出されて……まだ、お腹でちゃぷちゃぷしていますわ。あふ、あふぁぁ……」

やがて彼女はゆっくりと前に身体を傾けると、そのまま神官の胸板に顔を埋めた。

半ば呆けたようなローザの顔を観察しながら、神官は彼女が完全に一匹のメスに堕したことを確信した。

「ローザ、お前は誰のものだ？」

「わ、わたくしは……あなたの……し、神官さまのものですの……」

「やっと認めたな。これからは王子ではなく、俺のことを見るんだ。いいな」

「……は、はい……見ます、見ますからッ……ああ、もっとよがらせて……このわたくしを犯してくださいませ……」

ローザは伯爵令嬢という立場も忘れて、絶頂の余韻に身も心も蕩けさせながら、神官のペニスをねだってきた。

(快楽で正常な判断ができなくなっているのだろうが、あの強気で、誇り高いローザがここまでメスの顔を晒すとはな)

ずっと恋い焦がれて、手に入れたいと思っていたローザ。そんな彼女の淫らに堕ちた姿を見ることができて、神官は深い満足を感じていた。

(ここまで堕としてしまえば、あとは俺のいいなりだ。これでローザが原因で破滅させられることはなさそうだな)

数え切れない歓喜の波濤に揉まれつづけて、彼女は酩酊しきった美貌を神官の前にだらしなくさらけ出した。

「……あ、ああ……神官さまぁ……あはぁ、あふぁぁ…………」

あれほど汚されても、どこか高貴さを失わないローザの姿に見惚れながら、彼女の流れるような美しいブロンドを撫でてやる。

(……さて、次はどうするか。せっかく異世界転生して、素晴らしい立場を手に入れたんだ。破滅を回避しながらも、こいつを利用しない手はないぜ)

神官は堕ちたローザを愛でながら、次にどう動くべきか、その計画を練るのだった。

◇

王宮内で犯されて以来、神官はローザに興味を示すこともなく、彼女としては放置されたままの状態が続いていた。

ローザはあのセックスを思い出しては、疼く秘部を自らの指先で幾度も慰めた。

(……わたくし、どうしてしまったんですの。あんなに粗野で下劣な男のことが忘れられないなんて……)

神官に犯されたことに対する屈辱はすでに薄れて、幾度も果てさせられた悦びのみが伯爵令嬢の心中を占めていた。

(でも、あの激しいセックスで天国に行かせてほしいですの……ああ、神官さま……)

疼く身体を持てあましたローザは、神官に貫かれて、そのまま孕まされる妄想に浸りながら、自慰に耽った。

あれほど焦がれていた王子への熱はすっかり冷めてしまっていた。

神官に対する恋慕の高じたローザは我慢しきれず、供の者も連れず聖堂を密かに訪れたのだった。

「もう協力はしないと言ったはずだぞ」

儀式の間で出迎えた神官は、ローザにそっけなく告げる。

「それは、わかっておりますの。わたくしが来ましたのは……その……」

来たのは、もちろんセックスのおねだりだ。

だが、一度は痴態を晒したとはいえ、ローザは高貴な生まれで、仮にも伯爵家の者だ。

すぐに神官に淫らな願いを口にすることなどできず、真っ赤になったままで、俯いてしまう。

「さっさと用件を言え。俺は忙しいからな」

「……うう、神官さまの意地悪。わたくしがここへどうして来たか、わかってらっしゃるのですよね」

「もちろんだ。だが、ローザ、お前の口から聞かないとな。伯爵令嬢さまに失礼があっては、この俺が処罰されてしまう。伯爵家の力でな」

「うう、やっぱり意地悪ですの、神官さまは……このローザはもう、神官さまのものですのに……」

　ローザは拗ねた思いを視線に乗せて神官にぶつけながらも、自ら着衣を解いて、素肌を晒しはじめた。

「お、お人払いは……済んでおりますのよね……」

　半裸になりながら、ローザは恐る恐る神官に聞くと、彼は黙って頷いて見せた。

　それで覚悟は決まった。

　ドレスを脱ぎ落とすと、眩しいほどに白い裸体を大胆に晒した。神官にすぐ抱かれたくて、下着さえ身につけていなかったのだ。

　ローザは動物のように四つん這いになると、溢れた蜜でぬかるんだ恥部を精いっぱい淫靡な仕草で、神官へ突きだして見せた。

儀式の間の冷たい空気が秘裂を嬲ってきて、妖しく濡れ光った朱唇をヒクヒクと震わせてしまう。

「……し、神官さまぁ……このローザをまた、お、犯してくださいませ。ご立派なオチンポを、このわたくしにお恵みくださいませ」

身悶えするような含羞（がんしゅう）を押し殺し、伯爵令嬢の誇りさえ打ち捨てて、ローザは一匹のメス犬となって、神官の挿入をおねだりした。

供物のように捧げた膣口からは、淫蜜がとめどなく溢れ出し、妖しい流れとなって床へ落ちていった。

昂ぶる羞恥のあまりに突きだした艶尻を振りたくって、内腿を戦慄（わなな）かせた。溢れる蜜の滴りは左右に揺れて、生白い内腿を瑞々しく濡らした。

「伯爵令嬢が俺の元に通って、チンポのおねだりか。こいつは傑作だな」

そのひと言がローザの貴族としてのプライドを激しく傷つける。

「……うう、そんなことおっしゃらないでくださいませ。こんなふうにわたくしを変えたのは、あ、あなたなのです。せ、責任を取ってくださいッ……」

ローザは憤りを抑えられず、神官に強めに言う。

だが、丸く熟れきったヒップは彼へ突き出されたままだ。

堕ちて、男の性器を渇望する肢体は、もはやローザ自身の意思でどうにかできるものではなかった。

「責任だと……？　お前、そんな口を利いていいのか？」

「あ……これは、その……ご、ごめんなさい。わたくしとしたことが……神官さまにご無礼を申しました……」

ローザは真っ青になって、這いつくばったまま額を石床に擦りつけて謝罪した。

「うう……お、お許しを……このローザめを許してくださいませ……」

尻たぶを振りたくってペニスを求めながら、神官の許しを求めるうち、伯爵令嬢としてのプライドはすり減っていき、ただセックスを望む気持ちだけが際限なく膨らんでいく。

「こ、ここです。ここですのッ……ほら、見てくださいッ。このローザのいやらしいおまんこ、ここを神官さまのオチンポでお仕置きしてくださませ……」

自らの二本指でくぱぁと秘唇を押し開いて、淫らに入り組んだ膣孔を晒してみせた。

「いい心がけだな。そこまで言うのなら仕方ないな」

神官のぶしつけな視線が膣奥に突き刺さり、火のような羞恥が背すじを貫く。それだけで昂ぶって、ローザは果ててしまいそうだ。

「そら、ローザ。しっかりと仕置きしてやるぞッ！」

煽情的なローザの姿ですっかり興奮していたのだろう。神官は雄々しくそそり立った怒張を一気に突きこんできた。

「あひ、あひぃぃぃ……ぶ、ぶっといオチンポ、わたくしに入ってきて……あ、あぁッ……ぁはぁぁッ……す、すごいですの……こ、これぇ……んひ、んひぃぃ……」

雁首の張り出したエラに花弁が大きく押し拡げられて、その感触にローザはうっとりとしてしまう。

（……わたくし、お、犯されて……こんなに満足してしまうなんて……）

望んでここに来たとはいえ、高貴な生まれのプライドが自分の内で未だにわだかまっているのが感じられた。

だがそんな澱んだ思いも、神官の抽送が激しくなるに連れて、かき消え、メスとしての淫情に占められていく。

「あひ、あひぃぃ、んいいッ……し、神官さまのオチンポ、は、激しいッ……激しくて、いい、いいですのッ！ も、もっとッ、いっぱいセックスしてぇッ！ わたくしを責めてくださいませッ、ああーッ！」

「いいぞ、ローザ。たっぷりと責めてやるッ！」

神官はローザの臀部を引きあげながら、雄根を膣奥へ強く打ちこんできた。

その先端が膣底に当たり、子宮にまで荒々しく響くたびに、ケダモノのようなくぐもった喘ぎが零れてしまう。

「いい具合だぞ。おまんこがいやらしく絡みついてきて。子宮も精液を欲しがって、下がってきてるな。こいつは凄いな、んんッ」

ピストンのたびに妖しく締まり、精液を吸いあげようと蠢く膣に神官はさすがに何か勘づいたらしい。

「ローザ、何か仕込んできたな。お前のおまんこ、全然違うぞ。どうやってこんなドスケベまんこになったんだ!?」

「んひ、んひぐぅ……わ、わかってしまいましたの……これは、その……魔法薬を飲みましたの……神官さまの子を宿せるように……お、お薬を……あぁッ……！」

「そのせいか、締めつけも吸いつきも段違いで、いやらしいおまんこに仕上がったな。伯爵令嬢さまのエロまんこ、楽しませてもらうぜッ！」

神官はさらに腰を激しく前後させて、ローザの膣をかき混ぜていく。汁気たっぷりの秘筒が秘棒に撹拌されて、ぐぢゅぐぢゅと淫靡な水音を奏でた。

結合部から溢れた液は内腿をべっとりと濡らして、そのまま神聖な儀式の間の床に大きな水たまりを作っていく。

「くひ、んひぃぃ……し、神官さまのオチンポっ、き、気持ちいいッ、気持ち良すぎですのッ！　あひぃぃぃーッ♥　乱暴な突きこみも、子宮にズンズン響く感じも、最高ですのぉ。んあッ、んあああッ、んあはぁーッ♥♥」

ローザは儀式の間に響くほどの高らかな嬌声をあげて、身悶えした。

むっちりと盛り上がった尻の柔肉をぶるると震わせて、背すじを美しく湾曲させながら、乱れる様は伯爵令嬢というよりは、もはや一匹の美獣だ。

（……わ、わたくしがこんな……け、ケダモノみたいに四つん這いで乱れてしまって……しかも種付けまでされたがって……けど、もう止められませんの……）

これ以上ないほどの痴態を晒すローザの膣孔をピストンしながら、神官はさらにスパンキングを見舞ってきた。

ビシビシと小気味良い打擲音が響き、鋭い痛みが臀部から背すじへ抜けていく。

「んひ、んひぃ……し、神官さま……また、お尻をぶって……あ、ああッ……♥」

剥きだしの艶尻を叩かれて、辱められているにも関わらず、ローザの喉奥からは甘く蕩けるような喘ぎが零れた。

平手で双尻を打たれるたびに、下腹部をぶるるると震わせて、巨根を咥えこんだ雌孔からはさらに淫液が溢れさせてしまう。

「叩かれて、だいぶ感じるようになったな。どうだ、もっと叩いてほしいか？」

「は、はい。お願いします。お尻を叩かれるたびに、おまんこがぎゅうって締まって……んい、んいいッ、オチンポの抜き挿しが……き、気持ぢ、いいッ♥　気持ちよくなりますのーッ♥　あひ、あひぃぃッ♥♥」

ローザは妖しく臀球を揺さぶって、艶めかしいメスの声を発しつづけた。

「んん、んんんッ！　もう王子のことはいいのか？　あんなに慕っていたくせに、俺のチンポのほうが良くなったのかよ？」

神官はさらに腰を大きく使って、子宮口を抉るように幾度も責めてくる。切っ先が当たるたびに鋭い愉悦が、背すじを貫いて、脳裏が白く灼かれた。

「だ、だって、し、仕方ありませんわ。んひ、んひぃッ♥　こんな素敵なデカマラで貫かれて、おまんこを拡張されまくってしまったらッ♥　王子のことなんて、ど、どうでも良くなりますのぉーッ♥♥」

ローザは這いつくばったままで、盛りあがった乳房を石床に押しつけながら、喉奥から悲鳴にも似た喘ぎを発して、身悶えする。

「わたくしを相手にしてくださらない王子よりも、こうしてオチンポを恵んでくださる神官さまが大切ですわッ♥　ひぐ、ひぐぐぅッ♥　し、子宮にずんずん響いて、凄すぎますのぉッ……」

そうしてローザは男を誘うように膨らんだ尻たぶを打擲されるたびに、妖しく悶えて、さらにスパンキングでの責めを求めた。

「ひぃ、ひぃッ、あひぃぃッ！　も、もっと、お尻をぶってッ！　わたくしに、いっぱいお仕置きしながら、オチンポで中をかき混ぜてくださいませッ、んい、んいいッ！」

手の跡が尻球に刻まれて生々しい腫れを見せるがいやがる様子はなく、もっと叩いてとばかりに艶美な臀丘を左右に波打たせた。

ローザは双尻をいやらしく打たれるたびに感極まった声を発し、結合部から溢れた飛沫をあたりにまき散らす。

抽送の激しさが増すにつれて、ローザは情欲のままにヒップを振りたくって身悶えし、伯爵令嬢とは思えないほどの乱れぶりを晒していた。

「くく、尻叩きまでねだるとは。本当にはしたない女になったなローザ。伯爵家の娘がこれほどビッチに堕ちるとは思わなかったぞ」

「こ、これは……違いますわ。あひぃ、くひぃッ♥　わたくし、セックスも知らない処女でしたのに……神官さまに犯されて、い、淫紋まで授かって……いやらしい女に変えられてしまったんですわ……」

ローザは自分は悪くないとばかりに言いながらも、括れた腰をくねらせて、ぷりぷりに張った尻肌を揺さぶりつつ、神官の雄竿を貪りつづけた。

「今、腰を動かしているのはローザ、お前だぞ。俺はべつにやめてもいいんだからな」

「ああ、そんな……また意地悪をおっしゃらないで……あひ、あひぃぃ……もう、わたくし、神官さまなしではやっていけませんわ……」

神官の抽送が激しくなるのにあわせて、ローザ自身の溢れる性欲を剥きだしにして、豊尻を淫靡に振りたくった。

ぜぇぜぇと、息を切らせながら大きく喘ぐ。口元は緩みきって、舌先がだらりとはみ出したままだ。

蜜壺の奥を鋭く貫かれると、その舌が口腔で妖しく跳ねて、緩んだ唇から外へ艶めかしく伸びあがった。

「んひぃッ♥　はひ、はひぃぃ……も、もうわたくし、び、ビッチで構いませんの……だから、もっと激しくッ、し、してくださいませぇ♥　いっぱい奥までガン突きしてぇぇーッ♥　くひッ、くひぃぃーッ♥♥」

拡張された膣が裏返りそうな勢いで怒張が抜き挿しされて、膣奥が抉られる。子宮口がほぐされて、切っ先がそこへずぶぶと潜りこむ。

「ひぃ、ひぃぃッ、ひぎぃぃ♥　し、子宮ッ、そんなに責められたら……わ、わたくし、い、イグ、イグぅぅ、イキますのーッ♥　神官さまの立派な逸物で、あ、アクメっ、しますわッ♥　あ、ああッ……」

「俺も出すぞ。中にたっぷりとぶちまけてやるッ！」

「お、お願いします。神官さまの精液、ローザめにたくさん出してッ、は、孕ませてくださいませぇーッ♥　ひう、ひううッ♥」

子宮口を雁首で押し拡げられて、その衝撃でローザはエクスタシーを極める。

「い、イグぅッ、イグぅぅーッ♥　あああぁあぁぁーッ♥♥♥」

たわわな乳脹(ちぶく)らを石床にぎゅっと押しつけて、その爆球を平たく押し潰しながら、犬のようなスタイルで、愉悦の吠え声をあげるのだった。

「そらッ、しっかり受け止めろよ。んうううーッ!!」

神官は雄叫びとともに、精粘汁をローザの中に吐きだしてきた。直接注がれたザーメンはたちまち子宮を満たして、結合部から逆流する。

「……神官さまの子種、や、やっと頂けましたぁ……あえ、あええ……もっとたくさん中にぶちまけて……わたくしは、今日、孕ませてもらうためにお伺いしましたの……だから、ああ……そう……もっと、もっとぉ……」

神官の屹立が膣奥をビクビクと脈動し、多量の粘塊が噴きあげられて、その放水の凄まじさで子宮が押し拡げられた。

「……な、中にいっぱい……魔法薬まで飲んで、き、来たかいがありましたの……あふ、ぁふぁぁ……あはぁぁ………」

「それなら、絶対に妊娠させてやらないとな、んぅうッ！」

神官は下腹部に滾る白濁をさらに勢いよく噴きださせてくる。

「んあッ、んっああーッ♥　し、子宮の奥ぅ、卵子が降りてくるところに、ドロドロでピチピチの精液、浴びせられて、またッ、アクメするぅーッ♥　中出しアクメぇーッ、き、キメてしまいますわーッ♥♥　いはぁあああぁーッ♥♥♥」

ローザは這いつくばったままで、柔腰を跳ね躍らせながら、神官の連続中出しで法悦の頂きに押し上げられていく。

「……んはぁッ、んあはぁーッ♥　今、しましたわ。わたくし、神官さまのお子をは、孕みましたのッ……お腹の中で奇跡が起きたのを、確かに実感しましたわ……あふぅ……あふぅぅ……んぅふぅぅ……♥」

「これだけ出せばなッ。んんッ。孕まないほうがどうかしてるぐらいだ。そらッ、まだ終わらないぞ。んんッ！」

大きくエラの張った亀頭で子宮内を攪拌しながら、さらに多量の熱粘液をびゅぐびゅぐと神官は吐きだしてきた。

子宮内が精液に灼かれながら、同時に摩擦悦を注がれて、下半身の感覚が蕩けきって失われつつあった。それでも精に飢えた女体は、獣のように艶腰を上下させて、メスの本能のままに種付けをせがんでしまう。

「……あ、ああ……神官さまのザーメン、もっと、もっとお願いしますわ。これで、王子のことも、この世の憂さも、すべて忘れさせてくださいませ。わたくしは神官さまの望むままに、神のお心のままに、もっとビッチになりますわッ！」

「いいぞ、ローザ。お前のビッチぶり最高だぞ。精液欲しさに腰を振りたくるとは、伯爵令嬢さまはまるでセックスのために生まれてきた動物だな」

「そうですのッ、わたくしは犬畜生以下のセックスビーストですのッ♥　だから、神官さまぁ、もっと種付けして♥　孕んだローザに、ご褒美の中出しぃぃ、してぇぇーッ♥　ひあぁッ、ひっあぁぁぁぁーッ♥♥♥」

孕まされても、なおローザは子種の生出しを望んでしまっていた。

（……わたくし、こ、こんなにいやらしくて、はしたない真似をして……でも、神官さまの前でなら、本当の姿を、メス犬に堕ちたわたくしを見ていただけますのッ♥）

ローザの淫らな誘いに、神官の腰遣いは再び激しくなり、さらに新鮮な精が流しこまれつづけた。

「これで仕上げだ！　うおおおぉぉーッ‼」

「……また、こんなにッ……んい、んいい♥　んっひぃぃいいいぃーッ♥♥♥」

受精し、着床した卵を押し流すかのような夥しい量の白濁粘液がどぷどぷと流しこまれて、ローザはイキながら、さらに大きな愉悦の高みに押しあげられる。

そうして出されつづけた精液の奔流に呑まれるかのように、彼女の意識はかき消えてしまうのだった。

第三章 可憐な正ヒロイン・モニカも破瓜レイプ＆種付け

神官が伯爵令嬢ローザを手篭めにして以来、毎晩のように彼女自ら神官の部屋を訪ねる関係になった。

だが王子の伴侶を選ぶ試練は未だに続いていた。

もしも、判定役の神官とローザが深い関係にあると周囲に知れてしまえば、彼女の不正が疑われるだろう。

神官のペニスの虜になったローザにはありえないことだが、周囲の者にとって王子の妃とはそれほど魅力的な地位だ。

そのことを誰かに勘づかれてしまえば、ふたりのよからぬ関係は白日の下に晒され、あらぬ嫌疑をかけられるおそれがあった。

「はぁはぁ、あはぁぁ……し、神官さま。やはり、先に手を打っておく必要があると思いますの……ああ……」

神官のベッドの上で、股を大きく開いたままローザは進言する。

美しく、そうして高貴な肉便器を所有できた満足に神官はにやりと笑う。指先で膣をほぐしてやると、内奥からとめどなく愛液が零れて、神官を淫らに誘ってきた。

「そうだな。ローザ、お前の言うとおりだ。いやらしい肉便器スタイルでは、説得力皆無だがな」

「だ、だって……わたくしは神官さまの肉便器ですもの。こうして毎日、精液を排泄していただけて、満足ですわッ♥　あ、ああッ♥」

神官の手指がローザの膣の腹側をごりりと擦るたびに、彼女は下腹部を戦慄（わなな）かせて、喉奥から卑猥な声をあげた。

「とにかく、モニカさんを……な、なんとかしないと、いけませんわ。わたくしたちの未来のために」

確かにローザの言うことには一理あった。いやらしい肉便器として、神官に完全服従を誓っていても、彼女の今まで培った悪知恵は健在のようだ。

「ええ……モニカさんがわたくしたちをハメるとは思えませんが、他の連中は違いますのよ。彼女のバックの貴族たちは、わたくしの伯爵家に取って代わろうとしてるんですの……ですから、早く排除してしまわないと……」

「俺たちの破滅が待っているというわけか……」

神官とローザの破滅は、モニカに連なる貴族たちの繁栄というわけだ。

「……わ、わたくし、破滅なんて、ごめんですわ。こうして、ただ神官さまにメス犬としておし仕えしたいだけですの。あふ、あふぅ、あふぁぁ……♥」

ローザはさらけ出した秘部から、多量の愛汁を溢れさせながら、そう告白する。とめどなく溢れる蜜の量が彼女の昂ぶりとその言葉の真実味を伝えていた。

「じゃあ、どうする？」

「それにつきましては、わたくし、いい考えがありますわ」

ローザは大きく張った乳房をぶるると自信ありげに揺さぶる。

そうしてローザは膣から淫蜜を滴らせて、秘筒の内側を晒しながらも、悪女らしいたくらみを神官に披露した。

ローザが話した計画は、あのモニカを手篭めにして、彼女の一族もそのまま神官側に抱きこんでしまおうというものだ。

少し大胆な考えにも思えたが、神官の目の前には、すでに手篭めにされた伯爵令嬢ローザという成功例が横たわっていた。

散歩を終えた犬のように、はぁはぁと舌を出して神官のペニスをねだるローザ。彼女の痴態を見ていると、あながち荒唐無稽な考えでもないように思えた。

「確かに。気高いお前でさえ堕ちたんだ。モニカもいけるかもな」

「はい。大丈夫です。神官さまの良さを知れば、どんな女でもメスに堕ちますわ。それに、わたくしの一族も全力でバックアップ致しますから、絶対に上手くいきます。幸い神官さまは試練を利用して、モニカさんとふたりきりになれるお立場――」

ロ－ザは悪辣な笑みを浮かべるが、肉便器スタイルでは、さすがに滑稽さが際立つ。

（……敵に回れば恐い女だが、味方になればこれほど心強い存在もないな。それに今は俺の肉便器。究極にして、至高の、肉便器だ）

神官は彼女の雌孔からとめどなく溢れるラブジュースを啜り飲みながら、彼女に褒美のクンニをした。

「あ、ああ……わたくしでさえ、こうして肉便器としてお仕えしているのです。モニカさんなど、い、いちころですわッ……あふぅ、あふぁぁ……」

膣奥に舌を潜らせて、溢れる汁をかき出してやるたびに、ローザのくぐもった喘ぎが零れて、彼女はさらに下腹部を押しつけてきた。むっちりした太腿が神官の頭を挟みこんで、さらなる愛舐めをせがんできた。

「ああ、神官さまぁ……好き、好きぃ……大好きですわッ♥ わたくし、神官さまと出会えて、これほど日々、可愛がっていただけて、光栄ですわ……あふぁぁ……♥」

溢れる果汁とともに、濃厚なチーズにも似た強い香りが漂い、鼻腔を刺激してきた。膣の匂いまでローザらしい強い自己主張に溢れていて、彼女への愛しさがさらに増した。

「なあ、ローザ。俺がモニカを抱いてもいいのか？」

「す、少し妬けてしまいますが、それは仕方ありませんの……わ、わたくしたちの肉便器ライフのためですもの。あ、あぁッ……もっと飲んでくださいませ……わたくしのお汁も、あなたのためにありますの……神官さまぁ……♥」

ローザは甘ったるい媚びた声で、神官さまと幾度も呼びつづけながら、淫らなブリッジとともに秘口を迫り出させてきた。

そうして彼女は膣を舐められながら、開ききった股根から、ぶしゅぶしゅと、艶めかしく潮を噴きあげた。

濃厚なおねだり汁が神官の顔面に噴きかけられて、彼の劣情は強く煽られた。そうして衝動のまま、ローザを肉便器使いしてやるのだった

◇

それから何日かして、神官は試練と称し、モニカを儀式の間に呼びだした。

モニカは供の者も連れず、そこへひとりでやってきた。

ローザは先に儀式の間に来ていて、彼女とモニカをどう陥れるかも打ち合わせ済みだ。

（……何も知らずに来たな）

あらためてやってきたモニカをまじまじと見る。美しい銀髪に、清楚で控えめな好感の持てる人当たり。そして少しおどおどした雰囲気は、サディスティックな欲情を強く煽っ

てくるものだ。

ローザとはまた違ったモニカの魅力を目の当たりにして、彼女をすぐにでも犯したい衝動に駆られた。

(……いい女だ。だが、焦りは禁物だな)

神官は内心の滾る思いを押し殺しつつ、口を開いた。

「ローザさまにはすでに試練を受けていただきましたから、次はモニカさまの番です」

モニカに呼びかけると、彼女は身体を少し驚きでビクっとさせる。

「は、はい。神官さま」

そうして不安げに、ローザを見た。

「ええ、大変でしたけれど。わたくしは王子のため、身も心も清らかであることを証明しましたの」

そう言いながら、ローザはドレスの首元をずらして、黒光りする首輪を見せた。

「これが、試練の済んだ証しですのよ。モニカさんも頑張ってくださいませ」

ローザは妖艶な笑みをモニカに、そして神官に見せるのだった。

「わ、わかりました。私、頑張ります」

モニカはドレスの前でぎゅっと拳を小さく握って、決意を見せた。

「王子の妻となるためには、まず清らかな乙女であることを証明しなければなりません。おわかりですね？」

「そ、それって……まさか……今、ここで……ということですか？」

「ええ、そのとおりです。モニカさまには、神の御前で自らのヴァージンを晒して、その純潔を証明していただきます」

神官はモニカの様子を見る。はっきりと動揺が見て取れたが、試練の内容を疑っているようには見えなかった。

そばにローザがいること、彼女がすでに試練を受けたということが信憑性をより高めているのだろう。

（処女を確認する儀式か。冷静でない今のモニカには、真偽は判断できないだろうな）

事前のローザとの打ちあわせも充分だ。彼女の話では、モニカは真面目で、地方暮らしも長く、中央の儀式や試練にも相当疎いらしい。

王子に見初められたから、この場にいるだけで、そうでなければ別の有力貴族の娘が選ばれていたのだろう。

――神官さまがモニカさんを言いくるめれば、おそらく大抵のことはいたしますわ。

そうローザは神官に助言した。今のモニカの様子を見ていると、彼女の言葉は正鵠を得ているようだ。

「神に代わり、私が拝見いたしましょう。下着を脱いで、スカートを上げて、すべてを神の御前にさらけ出すのです」

「そんなこと……うう……」

モニカは救いを求めるようにローザを見た。

「わたくしはもう、終わりましたのよ。神官さまの……いいえ、神の前で清らかな姿を晒しましたわ。モニカさんも、どうぞ。わたくしのライバルなら、できますわよね」

ローザは湛えた笑みを絶やさずにつづけた。

「それとも、王子さまを諦めるおつもりですの？　わたくしはいっこうに構いませんが、くすす♪」

そこまで言われて、モニカも意を決したらしい。下唇を噛みながら、火を噴きそうなほど顔を真っ赤にしながら、神官を見た。

「わかりました……す、少しお待ちくださいませ……」

モニカはスカートに手を差し入れると、純白のショーツをずり下ろしていく。そうして脱いだ下着を懐に仕舞うと、足を大きく開いた。

そのまま舞踏会で挨拶するかのように、スカートの裾を摘まむと、そのまま優美にそれを引き上げていく。

シルクのハイソックスが、そして生白い太腿の絶対領域が晒される。神官も、そしてローザも、秘部を露わにせんとするモニカを固唾を呑んで見守った。

「………ど、どうぞ。神の御前に……私が純潔の、き、清らかな乙女であることをお見せ致します……ご照覧ください……」

スカートが捲り上げられて、新雪のように清らかで美しい股座が白日の下に晒された。

白磁のように艶やかな恥丘から、内腿にかけての生白くすべらかな絹肌はモニカの清楚さを示しているかのようだ。

薄紅色の花弁も綺麗にスリットの内に収まっていて、淡くはみ出した濡れヒダには、処女の秘めやかさが感じられた。

ローザの派手で、華やかなクレヴァスとは違った、モニカらしいものだ。

「それでは、よく見えないですね。もっと下腹部を前へ突きだして、股を大きく開くのです」

「はい……こ、こうですか……神官さま……」

羞恥で耳まで真っ赤にして、瞳を熱く潤ませながら、モニカはさらに淫らなスタイルを取る。腰を落として、太腿を大きく開いたガニ股の痴態をさらけ出した。

恥ずかしさと緊張のあまり、彼女の白く艶やかな内腿の筋肉は引き攣って、妖しい震えを見せていた。

「そのまま指で、大事な場所を開いてください。きちんと神にお見せするのですよ」

そう言いながら、神官はモニカの膣孔に顔を近づけた。彼女は指先で秘唇をくぱぁと大きく開いて、その奥まで公開した。

「……どうですか、神に……私の清らかな姿を、き、きちんと確認いただけましたか……はふ、はふ、はふぅぅ……」

膣ヒダはおろか、処女膜まで視姦されてしまって、モニカは含羞（がんしゅう）の凄まじさのあまりに失神しそうに見えた。

ただ王子を思う一心で、この辱めに耐えているのだろう。

（……これがモニカの処女膜か。美しい……）

サーモンピンクの薄膜が神官からもハッキリと見ることができた。かすかに濡れた薄膜の向こうから蜜が溢れて、膣口の浅い箇所に溜まっていく。

さらけ出された股根は小刻みに震えて、モニカの恥じらいの深さを物語っていた。やがて開かれた膣口から溢れた愛液が、ひと筋だけ滴り落ちて、床と膣の間に糸を引いた。

「確かに処女のようですね」

「あ、ありがとうございます……これで……もう、よろしいですよね……」

「いや、まだです。これから殿方を誘うために、より淫らなお姿を見せていただきます。さ、露わになった秘所に指を這わせて、浅くかき混ぜてみてください」

「え……!?　そ、そんなッ……」

目の前で堂々と自慰を指示されて、粛々と従ってきたモニカも驚きに目を見開いた。

「何を言うのですか。正気ですか、神官さまッ!?」

モニカは再びローザを見た。何か助け船を出してくれると期待しているのだろう。

だが、ローザの口から発せられた言葉は、モニカにとって残酷なものだ。

「定められた試練ですから、わたくしも神官さまに従いましたのよ。モニカさんも、わかってらっしゃいますよね」

「でも……あそこを、と、殿方の前でまさぐるなど……」

「王子もきっと悦ばれますよ。一番、卑猥かつ下品なお姿を見せることが、男へのひいては王子への奉仕になるのです。その確認のために必要な試練です。さ、モニカさま」

神官は有無を言わせぬ強い調子で、彼女に迫った。

しばらく黙ったままだったモニカだが、

「わかりました……おっしゃるとおりだと、お、思います……」

そう自分を納得させるように言う。

モニカは神官とローザ、ふたりの無言の圧力に背中を押されるようにして、秘溝へ沿ってしなやかな細指を這わせていった。

そうして、ぎこちなく秘唇を撫でたり、膣口へ指を押しこんで小さく抜き挿しする。

「これで、よ、良いですか？　んふ、んふぅ……んふぁッ……」

慣れない手つきでモニカは秘所をまさぐって、自慰姿を神官とローザの前に晒した。

「いいですね、モニカさま。素晴らしい」

「あ、ありがとう……ございます……ああ、あはぁぁ……あまりまじまじと見ないでくださいませ。おふたりの前で……私、だんだんと……ふ、不思議な気分に……」

「もっと自分を解放して、淫らさに身を任せて。さ、おまんこだけでなく、クリトリスも摘まんだり、擦ったりして、その悦びに身を委ねるのです」

「……え、あ……ここも、ですか……そんな破廉恥な……」

秘芯までさわれと指示されて、さすがにモニカも戸惑いを露わにした。

「モニカさん、伯爵家のわたくしもやったのですわよ。あなたも、おやりなさい。王子さまのためですのよ」

「お、王子さまのため……」

「そうですわ。王子さまへの気持ちが試されていますのよ。これに耐えられなければ、所詮、モニカさんの思いはそこまで、ということですわね。くすすッ♪」

「――そ、そんなことは、ありません。く、クリトリスだって、ほらッ……」

ローザに焚きつけられて、モニカはおそるおそる秘鞘に指を這わせていく。そうして、自らそこを愛撫しはじめた。

「あ、あふ、あふぁぁ……王子さまを悦ばせるためなら、私だって……い、いやらしい女になれますから……ローザさまには負けませんから……あひ、あひぃッ♥」

指先が敏感な箇所に触れるたびに、生白い内腿がヒクヒクと妖しい引き攣りを見せた。モニカのクリトリスいじりは次第に大胆なものになっていく。

皮の上から秘果を触っていたものが、包皮を剥いて、その秘芯を直接、押したり、撫でたりしはじめた。

「いいですよ、その調子で。そのいやらしく、ひたむきな姿が男を悦ばせるのです」

「くふふっ、あのモニカさんが卑猥なお姿を晒して、クリトリスでオナニーだなんて。本当に痛快ですわねえ」

外野から口々に嬲られて、モニカの内で羞恥の嵐が暴れ狂っているのがはっきりとわかった。双眸は熱く潤んで、頬を朱に染めながら、はふはふと荒く息を乱した。

「もう、これで、いいですよね……私、これ以上つづけたら、お、おかしくなってしまいます……んふ、んふぅ……あはぁぁ……」

クリトリスをまさぐりながら、モニカは哀願の目を向けてきた。

「いいえ、もっと激しくなさっていただかないと、王子は悦ばれませんよ」

「そんなッ……これより激しくなんて、む、ムリです……」

モニカはぶんぶんと首を左右に振って、訴えかけてくる。

ただ自分の意思で膣いじりを止めることはもはやできないようで、モニカは自身の細指で濡れた股間をいやらしく刺激しつづけた。

溢れたラブジュースが零れ落ちて、ほんのわずかな滴下音が儀式の間に響いた。

「では、手本を見せましょう」

神官はもったいぶって言うと、モニカの股間に手指を這わせて、かすかに蜜を滲ませた亀裂を浅くかき混ぜはじめた。

「んひ、んひぃ……し、神官さま……あぁッ、い、いやッ……何をなさって……やめて、やめてくださいッ……」

モニカは動転して、神官の腕を押しのけようとする。

だが非力な彼女の力で神官の腕をどけることはできず、節くれだった指で膣内を延々とかき混ぜられた。

やがてモニカは抵抗をやめて、神官の指を膣に突きこまれて、凌辱されるに任せてしまう。腰を落としたガニ股スタイルで蜜壺を撹拌されて、はひはひと淫らな喘ぎを漏らしつづけた。

「くすす、モニカさんも神官さまのテクニックでめろめろですわね。なんていやらしいお姿、このわたくしも昂ぶってきましたわ……ああ……」

「な、何を言うのです……ローザさま……さ、先程から変です。ふしだらなお言葉を幾度も口にされて……あふ、あふぅ……あはぁぁ……」

モニカはローザをたしなめながらも、彼女自身がいっそう卑猥な姿を晒してしまう。秘口をぐちゅ混ぜにされて、淫靡な蜜を垂らしながら、神官の手指責めを受けいれていた。

「では、モニカさま。処女膜を、このペニスで確認させていただきます。良いですね？」

「は、はい。神官さま、お願い致します――」

膣をかき混ぜられて朦朧とした頭のままで、モニカはそう口走った。

そうして、青ざめた顔で神官を見た。

「……え、今、なんとおっしゃいました⁉」

「このペニスで、モニカさまが初物かどうか、確認するんですよ。んんッ！」

神官はそり返った怒張を、そのままモニカの中へ挿入した。

逸物には前もってたっぷりと媚薬入りの聖水を塗りこめていた。それとモニカの愛液が潤滑油となって、スムーズに膣奥まで潜っていく。

「んい、んいい……そんな、わ、私の中に、し、神官さまのものが……お、おやめくださいッ、いや、いやぁぁーッ！」

「もう、遅いんだよ。そらッ、モニカの処女も貰うぞッ。んううッ！」

神官は呻きとともに、モニカに腰を密着させて、彼女の清らかな薄膜を一気に貫いて、その純潔を奪った。

「い、痛いぃぃ……ひう、ひううッ……そ、そんな……わ、私の初めてが……ぐぅ……ぐぅぅ……」

ペニスは思った以上に奥まで、ずぶぶと潜りこんでいく。モニカの膣の深さに驚きながら、神官はペニスを膣底に当たるまで沈めた。

「んいぁぁッ…………も、もう、やめてください……こ、こんなこと……うぅっ……ぐす、ぐすッ……」

モニカは真っ青になったまま、涙をはらはらと流して、破瓜させられたことに衝撃を覚えているようだ。

だが、モニカの身体は早くも太幹の抜き挿しに淫らに反応していた。

(聖水の効果か？　もしくは、こいつの身体が案外、肉便器向きってことか……くくっ)

箱入りで育てられた貴族娘たちは、結婚するまで性的なものに触れることがあまりない。だから、抱いてみて評判以上にドスケベな女だったということが良くあった。神官の元の記憶でも、そんな娘たちは稀にいた。

(こいつは、ローザ以上に、当たりかもな……)

処女だった膣は数回の抜き挿しで、セックスの悦びを覚えつつあるようだ。痛みとは別に、蜜壺は艶めかしく収縮して、雄槍のピストンを激しく誘ってきていた。

「どうだ？　少しは良くなってきたか？」

「そ、そんなこと、あるわけないです……まだ、い、痛みだって……う、うう……」

「ま、じきに良くなるさ。んんっ」

神官はモニカの心を完全に折ってしまうべく、腰を大きく動かして、処女喪失に打ちのめされている彼女を犯しつづけた。

「んい、んいい……んいひぃぃ……んぐぐぅぅ………」

彼女は息を乱しながら、己の犯される姿を絶望的な表情で受け入れていた。

あらかじめペニスにたっぷりと聖水を塗っていたこともあって、処女膜を貫通された身体の痛みよりも、精神的なダメージが大きいようだ。

「……私、お、乙女でなくなってしまって……お父様やお母様に、どう申し開きすれば……あぐ、あぐぐぅ………」

モニカもローザ同様に貴族の娘で、周りの期待を背負い、担う役割は多い。それに真面目な性格のモニカは、ローザ以上に周囲の期待に答えようとしていたのだろう。だからこそ、処女を奪われたショックは人一倍大きいようだ。

結合部から溢れた液は破瓜血の紅が混ざって、それが糸を引いて滴り落ちた。

それを見て、モニカは気持ちの上でも抵抗を諦めたようだ。

瞳から生気は失せて、屹立が膣底に打ちこまれるたびに、頤をそらして、感じるままに淫猥な喘ぎを唇から零すのだった。

「あひ、あひぁッ、んひぁぁッ……わ、私……さ、さっきまで処女だったのに……んい、んいいッ、か、感じる、感じひゃうぅッ……」

聖水に混じった媚薬の効果もあって、モニカの身体は急速に開発されていた。破瓜の痛みはすぐに失せて、抽送のたびにあられもない姿を晒していた。

「もう、い、痛くない……どうして、神官さまのオチンポで、すぐ気持ちよくなっれぇッ、私、こんなに淫らな女じゃないのに……いや、いやぁッ……こんなの、いやですッ♥」

清純で、世間知らずすぎたゆえに、セックスやふしだらな行為に対する耐性が著しく低いのかもしれない。自身の痴態に深く恥じながらも、全身に広がっていく悦びを受け入れて、喉奥から溢れる喘ぎを止められないでいた。

そうしてローザの見ている前だというのに、自ら積極的に腰を遣って、神官の剛直を貪ってしまうのだった。

スカートをたくしあげたまま、膨らんだ尻たぶを震わせて、下腹部を前後に動かしつづけた。そうして口の端から涎（よだれ）を垂らして、ひいひいと悶えてみせた。

「もうイキそうだな。これでどうだ。そらぁぁッ！」

神官は雄竿の先端で、モニカの膣底を荒々しく抉（えぐ）ってやった。

子宮を貫く衝動とともに、モニカは潰れたカエルのような叫びを発して、がくがくと上半身を震わせた。

「……あ、ああ……き、気持ちいいので、頭、ま、真っ白で……あはぁぁ…………♥」

そのままモニカはオルガスムスの波に攫われて、茫然自失の状態になったようだ。

「……お、王子さま……わ、私……い、イっひゃったぁ……王子さま以外のヒトに処女を奪われて、イカされひゃった……こんなぁ……ああ、王子さま……ごめんなさい……」

王子を裏切ってしまった罪の意識からか、モニカの口から謝罪の言葉が溢れた。屹立を咥えこんだままの状態で、彼女は小声で、幾度も謝りつづけた。

だが、神官が意地悪さをこめて抽送を始めると、モニカはメスの性欲を剥き出しの喘ぎを発して、耐えかねたように柔腰をぶつけてくるのだった。

王子を裏切ってしまった罪悪感はまだ拭いきれないようだ。だが、モニカの女体は逸物に貫かれる悦びに溺れて、それに支配されつつあった。

そのまま神官の手による試練は続いた。モニカの膣は幾度もかき回されて、感覚がなくなってしまうほどイカされつづけた。

「はぁはぁ……ローザさまも、このような激しい犯されたかたを……あひ、あひぃ……」

モニカは呆けきった美貌を晒して、床にへたりこんでしまう。股は大きく開いたままで、閉じることさえ忘れてしまうほどだ。

「……ふふ、モニカさん。だいぶ試練をこなされたみたいですわねえ。ビッチなお姿、あの真面目で貞淑さの鏡のようなモニカさんとは思えませんわ……」

熱い吐息混じりの囁きが、モニカの耳朶を打つ。その声で驚いた彼女は慌てて後ろを振り向いた。

そこに立っていたのはローザだったが、あきらかにモニカの知っている、あのローザとは違っていた。悩ましい裸体を惜しげもなくさらけ出した姿で、首輪に、乳首ピアス、そうして下腹部には妖しい紋様が刻まれていた。

「……ローザさま……本当に、ローザさまなのですか……そのお姿は……」

「わたくしは伯爵家のローザですわ。そんな驚いた顔、なさらないで。これも試練の一環ですわよ。王子さまにどれだけ尽くせるか、神官さまがわたくしの身体でお試しになったのです。この淫らな装いも、王子さまへの一途な愛ゆえですわ」

ローザは頬を紅潮させて、妖しく息を乱して、モニカを諭してきた。

「でも……わ、私は……そこまでは……」

伯爵令嬢の堕ちた姿にモニカも次第に感化されつつあるのだろう。口では戸惑いながらも、その視線は妖美なローザの女体に向けられたままだ。淫紋や、ピアスで常に刺激されて肥大化した乳首に熱い視線を注いだまま、内腿をもじもじと擦りあわせた。

(……ローザさま、すごくいやらしくて……ドレス姿よりも、お、お綺麗で……)

艶めかしいローザの姿に、モニカは目が離せなくなっていた。

(でも、私……あんないやらしい格好、できません……仮にも貴族の娘です。なのに、あんな街娼のような姿……）

ただ、伯爵令嬢のローザがあの格好をしているのだ。地方の一貴族にすぎないモニカがためらう理由はなかった。

「どうなさいますの、モニカさん？　これで、おしまいですの？」

ローザの優雅な笑みを見ていると、全裸にピアス程度、なんでもないことのように思えはじめてきた。

破瓜させられて、さらに脳が蕩けそうなほどのエクスタシーに幾度も襲われて、モニカの感覚は自分で気づかないところで、次第に狂い始めていた。

「――では、わたくしの勝ちですわ。どちらが王子さまの花嫁にふさわしいか、これではっきりしましわね。神官さま」

モニカを煽るように、ゆっくり、はっきりとローザは話した。神官はローザの問いには答えずに、真剣な眼差しを向けてきた。

「どうしますか、モニカさま。王子のため、さらに淫らな試練を受けますか？」

最後のチャンスをくれているのだと、モニカにはわかった。

（……神官さまは、私に期待されているんですね。ですから、こんな遠慮のない仕打ちをなさって……）

決意を胸に秘めて、モニカは神官を見た。

「私、受けます。ローザさまには負けませんッ！」

「では、神の御心のままに――」

神官はこれ以上ないほどの酷薄な笑みを浮かべると、モニカを素裸にして、儀式の間に横たえさせた。

そうして両の乳首にピアスを取りつけて、淫紋を下腹部に刻んで、モニカをローザ同様の卑猥な姿に変えてしまう。

妖しい紋様を呪符から真っ白な恥丘の上へ転写されたとき、何かひどく大切なものを失ったような気がした。

だが股根の甘い疼きに流されるようにして、そのこともすぐに忘れてしまった。

「これは……はぁはぁ……す、凄く身体が熱くて……あそこがヒクヒクして……あはぁぁ……そ、想像以上ですッ……」

「大丈夫ですわ。もっと良くなりますから。では、このドスケベ下着をお召しになってくださいませ。普段、清楚なぶんだけ、ビッチなお姿が映えますわよ。ふふっ♪」

惚けきったモニカは、されるがままに卑猥な下着を着せられてしまう。

「そんな……こんないやらしい格好、恥ずかしいです……」

「あら、びっくりするほどよくお似合いですわ」

伯爵令嬢に甘く囁かれて、全身をねっとりと愛撫されて、モニカは蕩けきった喘ぎを漏らしてしまう。王子のための試練だと思えば、下品な姿を晒すことの言い訳ができて、気持ちが楽になった。

そんなモニカの肢体を、ローザの優しく艶めかしい手つきが嬲って、その緊張をほぐしていく。気づかぬうちに彼女の手によって、モニカは身も心も淫らに花開かされつつあった。

さらに愛撫だけにとどまらず、ローザの指先はモニカの乳房に潜りこむと、その豊かなバストをたわませたり、へしゃげさせたりして、モニカの気持ちをいやらしく昂ぶらせた。

「ろ、ローザさまにお胸を揉まれていると……なんだか変な気分になって……あ、ああ……」

「揉むだけではありませんわ……こうして……」

ローザの細指が尖った乳嘴(にゅうし)を撫で擦り、膨らんだそれを根元からきゅっと摘まみあげた。

「ん、んはぁッ……ち、乳首は……そこは……あぁッ……」

「んふ、このピアス、たまらないでしょう？　付けていると乳首がずっと刺激されてるみたいで、感度が素晴らしいですわ。ほら、モニカさん、もっとよがってもよくってよ？」

「そんな、あひ、あひッ……ローザさまと、神官さまの前でなんて……恥ずかしくて、な、なのにッ……いやらしい声、出てしまいます。んふ、んくふッ！」

ローザに乳先をつねられ、引っ張られと、激しく責められつづけて、モニカは上半身をくねらせつつ、息も絶え絶えになっていた。

「素晴らしいですわ、モニカさん。ほら、神官さま、こんなにいやらしくおなりですわよ。

「本当ですね、モニカさまがこれほど淫猥な素質をお持ちとはね」

ふたりから辱められて、モニカは全身の毛穴から火を噴きそうなほどの羞恥に襲われた。

「……あう、あうう……そんな、言わないでください……」

そうして恥ずかしさはモニカをいっそう昂ぶらせて、その下腹部を妖しく疼かせた。蜜壺がきゅうきゅうと締めつけられて、膣奥から熱い蜜が湧きだすのが自覚できた。

中で溜まった愛液はスリットからドロりと零れだして、鈍く輝く淫らな銀糸を引いて、落ちていった。

（そんな、あそこからまた、お漏らししてしまって……私、こんなにいやらしい女ではありませんのに……）

下腹に施された紋様が妖しく輝き、モニカは狂おしいほどの淫熱に全身を晒されていた。秘筒は別の生き物のように蠢（うごめ）いて、ペニスを欲しているのは明らかだ。

そうしてモニカの眼前には、神官の隆々と聳（そび）え立つ雄渾があった。そうして彼はモニカが喉から手が出そうなほど、ペニスを欲していることをわかっているのだろう。

見せつけるだけで、先ほどのように挿入しようとはしない。

（そんな、ひどい……さっきはあんなにオチンポを恵んでくださったのに……）

モニカは欲しいとは口にしなかったが、股を大きく開いて、視線をずっと怒張へ注いだ。

神官の逸物は下腹を叩かんばかりにきつくそり返っていて、先端からカウパーを噴きださせて、モニカを生々しく誘っていた。

（……もう、が、我慢できません。王子さま、お許しください……）

モニカは生唾を飲みこむと、ローザに女体をまさぐられて、その愛撫に翻弄されながらも、顔を突きだして、息を荒げてペニスを頬張ろうとした。

「あら、モニカさん。はしたないですわよ。何も言わずに神官さまのオチンポを欲しがるなんて。くすす♪」

「そうですよ、モニカさま。欲しいのであれば、おねだりをしていただかないと」

「……お、おねだり、ですね。わかりました」

下腹部の疼きの前に、モニカは恥も外聞もかなぐり捨てて、叫ぶ。

「し、神官さまのオチンポ、私に、モニカにくださいませッ！　これ以上、じらされたら、私、お、おかしくなってしまいます。神官さまのオチンポで、どうかモニカに、ご慈悲を。お願い、お願い致しますッ！」

おねだりし始めると、今までの恥じらいがウソのように吹き飛んでしまう。モニカは腰を浮かせてM字開脚の姿勢を取ると、はしたなく神官の秘棒を求めた。愛液がいやらしく床に滴り、メスの濃厚な香があたりに広がっていく。

「よくできましたね、モニカさま。では、こちらへ」

神官は床に座ると、自分に跨がるように指示してきた。発情しきったモニカはローザの手を振りほどき、浅ましく神官に抱きつくと、その上へ跨がった。

ぐっしょり濡れた蜜割れを切っ先にあてがうと、剛直を躊躇なく咥えこんだ。

「あはぁぁ、や、やっと……オチンポ……し、神官さまのオチンポ、頂けました……あ、ぁあ、あぇぇ……」

ローザは蕩けきった瞳のまま、卑猥な言葉を口走りつつ、柔腰を大きく遣いはじめた。愛液でドロドロにぬかるんだ秘壺はかき混ぜられるたびに、ぐぢゅぐぢゅと湿潤音を響かせて、あたりに淫蜜を撒き散らした。

モニカはローザや神官に好奇な視線を浴びせられながらも、腰振りダンスを止められない。そうして雄根が膣壁を擦りたて、膣奥を抉るたびに、くぐもった呻きをあげた。

「モニカさま、少し慎まれたらどうですか。その激しい乱れっぷりはローザさま以上ですよ。んう、んううッ」

「本当ですわ。モニカさんったら、はしたなさすぎ。あんなにおしとやかで、清楚でしたのに。田舎貴族らしい、ビッチな地が出てきましたわね」

ふたりからの嘲るような言葉さえ、今のモニカにとっては劣情をさらにかき立てるスパイスになっていた。

「ち、違います。私はビッチじゃないです、ないですからッ、あひ、あひぃぃッ！」

違うと言いながらも、腰遣いは加速し、神官に跨がったままで下腹を前後左右に妖しく揺さぶりつつ、硬くそり返った怒張の感触を貪りつづけた。

「もう、ご自身ではセックスが止められないのですね。一度、イカせてあげましょうッ」

「ほら、モニカさん。神官さまのご厚意に甘えて、おイキなさい。いやらしいメスのイキ顔、しっかりと見ててあげますわ」

「そ、そんな……ローザさまにまた見られながら……あ、あぁッ……」

果てる瞬間の顔を見られると宣告されて、モニカは恥じらいのあまり、顔を両手で覆ってしまう。それでも淫らな下腹部の上下往復を止めることはできない。

腰同士が打ちあわされる猥雑な音が響き、膣内が混ぜ捏ねられた。悦びの電流が幾度も脊髄を貫いて、脳内で弾けた。

モニカは羞恥の炎に全身を灼かれながら、愉悦の頂きへ飛翔していく。

「イグ、イグぅッ……また、アクメしひゃうぅぅーッ♥　あはぁあああぁあぁーッ♥」

膣奥を鋭く抉られて、子宮を幾度も揺さぶれれながら、引き絞った弓のように大きく背すじをのけ反らせ、ひときわ大きな嬌声とともに、悦びの極地へ達するのだった。

「……あえ、あええ……また、私……い、イってしまって……あえへぇぇ………」

緩みきった表情のままで、口の端から涎がとめどなく零れた。それは顎先から喉元を濡らして、ローザの双乳の谷間へ流れこんだ。

「まだまだですよ。そら、そらッ。いやらしいモニカさまなら、何回でもイケますよね」

神官は煽り文句とともに、子宮口を押し開かんばかりに激し刺突を繰り返してきた。荒々しい連打に膣底はほぐれきって、亀頭の先が潜りこんできた。

「さあ、中に出しますよ。しっかり受け止めてくださいッ」

「あら、モニカさん。光栄なことですわ。神官さまが中に出してくださるなんて。しっかりと頂きなさい」

「……え、そんな……中はッ……おまんこに出されたら……妊娠してしまいますから……それだけは……」

モニカは青ざめて、必死に神官から離れようとしたが、すでに遅かった。腰をがっちりと神官に押さえられてしまう。そうして同時に、ローザが彼女を逃がすまいと抱きついてきたのだ。

「そんなッ、ふたりとも、離してください。離してぇーッ！」

「大丈夫ですわ。神官さまのザーメンは、熱くて濃て、最高の神の祝福ですの。出されれば、わかりますわよ」

「いや、いやぁッ……に、妊娠なんて……こんなの、おかしいですッ！　孕んでしまったら、王子さまと結婚どころでは、ありませんしッ!?」

気づいて暴れたときにはすでに遅かった。神官の雄根は子宮口に潜り、子宮内へ煮えくり返った子種の奔流がびしゃびしゃと、直接、浴びせかけられた。

「……あ、あぁッ……中に、い、いっぱい……あぁあああぁあぁーッ♥♥♥」

子宮内を白濁液が満たして、それが結合部からたちまち逆流した。お腹の奥で新鮮な精子がビチビチと暴れるのが、モニカには確かに感じとれた。

初めての中出し、しかもその愉悦のあまりの凄まじさにモニカは翻弄されてしまっていた。

「ひあ、ひあぁ……♥　こんなに中に出されて、感じるなんて……どうしてぇ……♥」

「神官さまがお与えくだされた、エッチなお印の効果ですわ。モニカさんもわたくしと同じ、神官さまの虜ですのよ」

「……この紋様に、そんな効果があったなんて、そんな……あ、あぁ♥　あーッ♥」

さらに神官の精粘液で膣内を汚されながら、モニカは大きく果てる。下腹部が熱く火照り、絶頂の余韻がいつまでも彼女の内側にわだかまりつづけた。

一度、吐き出された種付汁が子宮の内粘膜に染みいって、内側からモニカを熱く蕩けさせた。脳内は白濁の愉悦で染めあげられて、薄桃色の靄で覆われていた。

そこへ神官の荒々しいピストンが襲い、モニカは再び絶頂させられた。

「……あひ、あひぃぃ……またイグ、イグぅぅーッ……あえ、あえぇぇぇーッ♥♥♥」

モニカの内部で爆発的に膨れあがる愉悦で、骨も、内臓も、身体の中の構成要素がすべて溶かされて、なくなってしまうようだ。

さらに度重なる至悦の連続に全身をイヤというほど嬲られながら、モニカの意識は次第に薄れていった。

そんな中で、神官とローザの声が耳に聞こえてきた。

「ああ、すっごく素敵なイキ顔ですわよ、モニカさん。わたくしも、こんなふうに気持ち良くしてほしいですわ……」

伯爵令嬢の甘ったるい声に、少し驚いてしまう。もう彼女と神官の仲はかなり深いみたいだ。もしかして神官とローザのふたりの罠に掛かったのかもしれない。

(……うう、私、騙されてしまったの？　確かに王子の伴侶を選ぶ試練で、こんなにエッチなことなんておかしいですけど……)

だが幾度も犯されて蕩けきった頭で、モニカは今の状態を素直に受け入れつつあった。

(でも、こんなに気持ち良くなれるのでしたら、すべて失っても構いません……)

固く結ばれた自意識の塊がほぐれて、広がっていくような悦びに溺れて、モニカは何もかもどうでもよくなっていた。

そんな彼女のそばで、ローザが神官に子猫のようにじゃれつく。

「ね、神官さまぁ。わたくしにも子種をたっぷり注いでくださいませ……♥」

「まあ、待て。モニカをもう少し可愛がってからだ。王子を忘れられるぐらい、たっぷり中に種付けして、ローザと同じように孕ませてやらないとな」

「なんだか、少し妬けますけれど……仕方ありませんわ。その代わり、あとでわたくしもちゃんと可愛がってくださいませ。モニカさんよりも、たくさん出してくださらないとイヤですわよ♥」

「わかっている。俺がローザを忘れるはずがないだろ」

神官は苦笑して、ローザをなだめているみたいだ。

その甘えた言葉を聞いているうちにモニカは彼女への対抗意識がかすかに煽られるのを感じていた。

モニカは朦朧とした意識の中で、果てた余韻の心地良さにもっと浸っていたいとさえ思うのだった。

そうしてモニカが再び気づいたときには、そこは儀式の間ではなかった。目の前に迫る天井の小さな部屋だ。

そこにはベッドがあって、モニカはその上に全裸で後ろ手に縛られたまま、仰向けに寝かされていた。

少し身を捩るだけで縄が肌のあちこちに、ぎりりと食いこんで、かすかな痛みが走った。

「……い、痛い……うぅッ………」

なんとか首を動かすと、太腿にも縄が掛かっていて強制的に拡げられたままだ。晒された秘部からは濡れヒダがかすかにはみ出していて、モニカは反射的に脚を閉じようとした。

だが、太腿がキツく緊縛されていて、モニカの意思で自由に動かすことができない。

「……そんな……あふ、あふぅぅ………」

もがくほどナマ腿に荒縄が食いこんで、生白い肌に赤い縄目が刻まれた。

「気づいたか、モニカ。試練の最後の仕上げだ。お前も、ローザ同様に俺のものになってもらうぞ」

神官の態度は先ほどとはガラリと変わって、粗野なものになっていた。

(……え、神官さま……どうして……)

猛々しい性欲を剥きだしにしてモニカに迫ってくる。露出した秘部へぎらついた視線を注がれて、秘奥がじゅんと熱く潤んだ。

「な、何を言うんですか、神官さま。これは王子さまの伴侶を選ぶ、試練では……」

「モニカ、お前を王子にやるのが、もったいなくなった。今からたっぷりと犯して、俺のものにしてやる」

「……そ、そんな……あ、ああッ」

拒む間もなく、モニカの秘弁は神官の剛棒に貫かれて、そのまま内奥を激しくかき混ぜられた。

「んう、んううッ……私は、王子さまのために……こ、ここまで、いやらしいことをッ……

あ、あなたのためではありません。んふ、んふぅぅ……」

モニカは叫び、神官から逃れようともがくが、後ろ手を縛られていて、ほとんど身動きできない。

膣奥まで幾度も抜き挿しされて、膣ヒダをぐぢゅぐぢゅと擦りたてられて、甘い愉悦が身体の内に広がっていく。

王子への申し訳なさから、必死に愉悦の喘ぎが零れるのを堪えた。

だが淫紋の刻まれた膣では、それも果たせず、食いしばった歯の合間から、歓喜の喘ぎが溢れた。

「そう言うが、おまんこはだいぶ反応しているな。んんッ、この締めつけに、吸いつき具合。ローザ以上のビッチになりそうだな」

「……ぐ、ぐうッ……そんな……やっぱり

ローザさまも、あなたが……」

「そうだ。伯爵令嬢のローザも素直に堕ちたんだ。お前も我慢する必要はないぞ」

神官は荒々しく怒張を突きこんで、子宮口を責めたててきた。

「んい、んひぃ、あひぃッ……わ、私は……あ、ああッ……」

先ほど幾度も果てさせられた記憶が蘇って、モニカの身体はいやらしく反応してしまう。蜜壺は挿入された幹竿にねっとりと絡みついて、さらなる往復運動を欲した。子宮も大きく下がって、孕むための準備を始めていた。

切っ先で膣奥を押し拡げられるたびに、モニカは感じて、そのまま気をやってしまいそうになった。

「私はあなたのものになりません。ローザさまとは違いますからッ……」

王子へ立てた操から、モニカは愉悦を必死に押し殺そうとした。だが幹竿が秘筒に出し入れされるたびに下腹部は甘く蕩けて、鋭い歓喜の波が背すじを駆けあがっていく。

「あひ、あひぃ……こんなッ、か、感じたくないのに……気持ち良すぎて、声が出ひゃうッ……くひ、くひぃッ、んひぃぃ……」

「そらッ、素直になれ、モニカ。これで、どうだ」

神官は緩急をつけて、モニカを責めたててきた。激しく膣奥を叩いたかと思えば、じらすようにねっとりと膣口を浅くシェイクする。

「うう……ひどいです、あなたは……わ、私を元の身体に戻して、戻してぇぇーッ！」

モニカの身体は神官の怒張を貪りたくて、我慢の限界を超えていた。腰をいやらしく振りたくって、ひいひいとケダモノのように悶えたくなる衝動に耐えつづけた。

「だから、素直になればいいだろッ。んん、んんんッ！」

「あひ、あひぃぃ……そんな……あ、ああッ、あはぁッ……王子さまへの裏切りになってしまいますから、か、感じるわけにはッ……」

叫びつつ、モニカは剛直を咥えこんだままで内腿をぶるると震わせる。刻まれた淫らな紋様が妖しく明滅するたびに、愉悦が身体の芯から噴きあがり、交合部からはラブジュースがとめどなく溢れた。

「さっきはすげえよがってただろ。モニカ、あれが本当のお前の姿なんだよ。んうッ！」

「ち、違いますッ……んあッ、んああッ、んあはぁぁ……あはぁぁ……」

神官の抽送にあわせて、愉悦が下腹部を満たし、全身に広がっていく。

子宮を屹立で大きく揺さぶられるたびに、艶めかしい喘ぎが零れて、広がった快美の波に全身が蝕まれていった。

「あふぁ……あはぁぁ……ち、違うのに……♥　身体が気持ちよくなって、止まらない……あえ、あえぇッ……あへぇぇぇぇぇぇーッ♥♥♥」

モニカ自身は必死で堪えながらも、強制的に絶頂へ押し上げられていく。

そうして、ついにモニカは神官のペニスに屈することとなった。

生白い裸身をビクビクと跳ねさせながら、四肢をぎゅっと強張らせつつ、ひときわ大きな叫びを狭い部屋に響かせたのだ。

「……そんな……が、我慢できなかったです………」

「頑張ったがこれまでだな。ああ、いい気分だ。このまま種付けして、孕ませてやるッ。うおおおおぉぉーッ!!」

神官は切っ先を子宮口へ押しこみながら、雄叫びとともに、膨大な量の精粘液を爆ぜさせた。灼熱が一気に子袋を満たして、その内粘膜を洗っていく。

「ひい、ひぃい……んひぃぃ……お、王子さまの大切な子種をいただく場所ですのに……また精液、出されて……んひぃ、んいひぃぃぃッ……」

灼熱の奔流が幾度も子宮奥へ直撃し、その熱と質量にモニカは白目を剥いて、身悶えする。太腿を大きく割り開いたままで、下腹を幾度も痙攣(けいれん)させて、喘ぎとも叫びともわからない声が喉奥から溢れだした。

淫紋の施された女体は神官の種付けに反応し、その悦びを何倍も増幅して、モニカを戸惑わせた。

(……こんな……うそ、中出しされて、私……また、感じてしまって……王子さま以外で、こんなに感じては……いけないのに……あ、ああッ……♥)

子宮内で太幹が脈動し、灼熱液をどぷどぷと吐き出されるたびに、モニカは愉悦の炎に全身を灼かれて、幾度も果てつづけた。

さらに抽送の連打が加えられて、中にできたばかりの精を放たれる。繰り返し怒張を抜き挿しされつづけて、膣も子宮も神官のペニスの形状をしっかりと覚えて、挿入のたびにぴったりと吸いつき、最大限、その悦びを享受するようになっていた。

（……うう、私のおまんこも、子宮も、へ、変です。神官さまのオチンポのかたちが、は、はっきりとわかるぐらい吸いついて……）

モニカは淫紋を艶めかしく輝かせて、爆乳とその先の乳首ピアスをぶるると震わせながら、神官に堕ちた姿を晒す。

何かが吹っ切れたモニカは、ビッチな乱れ姿を晒すことで無上の愉悦を覚えるようになっていた。

「私、こんなにいやらしい女だったなんて……貴族の娘、し、失格です……ローザさまのことなんて、笑える立場にないです……で、でも、き、気持ちいい、気持ち良すぎてぇッ……もう、戻れない、元の私に戻れないですぅーッ♥♥♥」

そうして果てながら、生で出されて、さらに喜悦の高みに昇っていく。

「ひう、ひううッ……し、神官さまにまた、熱々のザーメン、出していただいて……いい、いいのッ……も、もっと、気持ち良くなります♥　あ、ああーッ♥♥」

終わらない種付け中出しと、連続アクメを繰り返していく中で、モニカはセックスの悦びを口に出すようになっていった。

「だいぶ素直になったな。このまま、孕め、孕めッ。俺の子を孕んじまえッ！」

モニカを組み敷いたまま、怒張を杭のように激しく打ちこみ、子宮を犯してきた。

そうして連続絶頂して、孕む準備の整った子宮の最奥へ、神官は濃厚な精を勢いよく流しこんできた。

「んいッ、んひぃぃッ、そんらにいっぱい、濃くて、新鮮なせーしッ♥　出されたら、妊娠しますぅ♥　神官さまの子供も、孕みますぅーッ♥　んっはぁあああぁぁーッ♥♥♥」

モニカは白濁液の奔流に子宮をぶるると揺さぶられて、生出し絶頂の嵐に晒されながら、激しく嬌声をあげつづけた。

大きく開いた口元からは、引き攣った舌が伸びあがって、その唇の端から、溢れた涎がとめどなく零れた。

そこへ神官の種付けプレスが容赦なく続いた。子宮の底まで雁首でかき回されて、孕み汁をどぷどぷと注がれつづける。

清楚可憐なはずのモニカは、涙と涎でどろどろに汚れきったアへ顔を晒して、酸欠の魚のようにぱくぱくと口を開き閉じする。

神官は舌を大きく伸ばして、モニカの顎から横頬にかけてをれろりと舐めて、そこを伝う涙と涎を啜った。

モニカは淫靡な啜り音を耳にして、涙と唾でぐしょぐしょになった自身の顔を強く意識した。

「……あ、ああ……お許しを……神官さま……モニカ、出されるたびにアクメしてしまって……こんなはしたない姿を晒してしまって……」

今のモニカには自分がすべて悪いように感じられて、謝罪の言葉を口にする。

「あえ、ああえ……ビッチなモニカを、お、お許しください♥　あ、あああッ、あっはああぁーッ♥♥」

「むしろ俺は歓迎だ。謝ることはないぞ、モニカ。んううッ！」

神官は快楽に溺れてきって、声にならない声で喘ぐモニカを見下ろしながら、ピストンを繰り返し、さらに熱く滾る精汁を迸らせた。

「……あふぁぁ……また、出していただいて……ありがとうございます。私、神官さまの子を必ず、は、孕みますッ……んあはぁ、んっはぁあぁあああぁーッ♥♥」

モニカは下腹部を子種液で膨らませて、中出しで延々と達しつづける。激しいアクメの嵐に晒されながら、卵巣が活発に蠢いて卵子を幾つも排出する。それらがベビールームへ降りてくるのがわかった。

（――に、妊娠するぅぅ……し、してしまいますぅぅーッ‼）

身震いするほどの激しいナマ出し斉射を力強く子宮奥へ受けて、モニカは連続イキしながら、さらなる至悦の極みへと押しやられていく。

「んいいぃーッ♥ んひぃいいぃいいぃッ♥ んッあ゛あ゛ぁああぁあぁーッ♥♥♥」

そうして喉が枯れんばかりの嬌声を発して四肢を引きつらせながら、妊娠絶頂の高峰へと昇り詰めたのだった。

(……今、お、お腹の中で……た、確かにッ、神官さまのお子を授かりましたぁ……)

身体の感覚がほぐれて、そのままなくなってしまうような激しい悦楽のただなかで、モニカは女の直感で、自らの妊娠を確信する。

淫らな姿を晒してイキつづけて、ぐったりとなったモニカを、神官は力強く抱きしめてくれた。

(……ああ、神官さま。こんなにいやらしい私でも、愛してくださるのですね)

これほどの痴態を晒した自分を愛してくれる神官に、モニカはすっかり心酔してしまっていた。あれほど強かった王子への思いは薄れて、代わりに神官の愛情を欲してしまう。王子への炎の如き恋慕が、今となっては他人事に思えた。

「そうか、期待してるぞ――」

神官はそう言いながら、怒張をずるりと、モニカの膣孔から引き抜いた。

竿胴が外れると同時に溜まった多量の白濁液がドロりと零れて、シーツに滴り落ちていく。それはじんわりと広がって、淫猥な染みを作った。

「……し、神官さま、もう抜いてしまわれるんですか？　わ、私、寂しいです……もっと、あなたのご立派な逸物を、な、中で、感じていたいです……」

モニカは発情の昂ぶりのままに神官と、彼の幹竿へ熱い眼差しを注ぐ。

そうして太腿を緊縛されたままでも、必死に股部を上へ突きだして、背すじをそらして、淫らな開脚ブリッジを晒しつつ、ぽっかりと開いた秘口を妖しく震わせた。

「その格好、最高だぞ。モニカもすっかり俺の肉便器だな」

「はい、私は——このモニカめは、神官さまの専用肉便器でございます。ああっ、ですからぁ、もっとご利用くださいませぇ……お、お願いしますぅぅ……♥」

内奥からせっかく注いでもらった精粘汁がドロりと零れだすのに構わず、大胆に迫りだした下腹部を艶美に揺さぶってビッチなおねだりを続けてしまうのだった。

第四章 ローザ＆モニカ　貴族娘たちを完堕ち肉便器！

ローザとモニカ。ふたりの貴族娘を支配下に置いた神官は、彼女たちの協力を得ながら、その実家やそこに連なる貴族たちを味方に付けていった。

そうして王都の有力貴族や聖職者の大半は神官側の人間になっていった。そのために一番、働いてくれたのは、やはりふたりの美しい肉便器・ローザとモニカだ。

神官はねぎらいの意味もこめて、彼女らを聖堂に呼びだして同時に犯してやることにした。急な呼びつけにも関わらず、ふたりはすぐさま聖堂に駆けつけてきた。

そうして人払いされた儀式の間で、ローザとモニカは淫らに熟れた肢体を晒しつつ、半ば発情した状態で、全裸待機していた。

（……もう来たか。早いな）

神官は離れた自室から、水晶球を使って貴族肉便器たちの様子を観察していた。

すぐにでも挿入されることを期待していたふたりは、予想だにしなかった放置に、熱く火照った身体を疼かせて、彼を待ちきれず自慰に及んでいた。

「あふ、あふぅ……神官さま、遅いですわね……あ、ああ……わたくし、もう我慢できませんの……あ、ああ……♥」

「私も……待ちきれません……ローザさまの、オナニーなさる姿、美しくて……昂ぶってしまって……んふ、んふぅ、んふぁぁ……やはぁ……♥」

ローザの大胆な自慰につられて、モニカもあそこをいじりはじめていた。秘部を浅く混ぜる水音が鳴り響き、そこに淫らな貴族娘たちの喘ぎが交錯した。

（神の御前である儀式の間で、自発的にオナニーとは。ビッチぶりにもほどがあるよな）

変わってしまった高貴な娘を、神官は満足げに見つめる。

放置されたふたりは自らを激しく慰めた末、床に潮を放った。

それで昂ぶった気持ちが治まるはずもなく、彼女たちは互いに淫らな姿を見せあいながら、自慰を続けた。

「……モニカさん、そんないやらしく、あそこをいじって……ああ、いけませんわ……」

「ローザさまこそ……いつも、そうやって、お、オナニーされているのですね……」

堕ちた令嬢たちの間では守るべき矜持も体面も失われていた。汁まみれの股間を晒しあいながら交互にアクメする。ありのままのビッチ姿をさらけ出して、互いの淫らな気分を刺激しあっていった。

やがて高揚が最高潮に達したローザとモニカは互いに見つめあい、跪いたままでゆっくりと距離を詰める。そのまま大きく突きだした乳塊を押しつけて、その豊かな円球を平たく潰しあいながら、ぬかるんだ淫裂を互いの手指で慰めあいはじめた。

自然な流れで猥雑な行為に及ぶ女たち。神官の知らない場所で彼女らはすでに幾度も身体を重ねている関係のように見えた。

「あ、ああッ……モニカさん、そんなに激しく、なさらないで……あん、あんんッ♥」

「ローザさま、こそ。ん、んくふぅ……いっぱいおまんこ、か、かき混ぜられて……♥」

ふたりの甘い喘ぎが響き、向きあったふたつの蜜孔から秘液がとめどなく滴った。互いのしなやかな指先を受け入れて、腰を艶美に振りみだして、頬をあでやかな紅色に染めた。

膣愛撫の悦びを激しく交歓しながら、ローザとモニカは昂ぶりのまま濡れ唇を押しつけあい、女同士の妖美なキスに耽った。

じゅぶじゅぶと妖しく絡んだ艶唇の間から、呼気が溢れて、溜まった唾液が顎先へ伝い落ちていく。

貴族令嬢同士の麗しく、貴(たっと)いレズキスに、神官は見入ってしまう。

そのままふたりは息を荒げつつ、胸乳をむにゅむにゅと押しつけあった。ピアスで貫かれて、ぽってりと膨らんだ乳嘴(にゅうし)が擦れあい、そのたびに、彼女らは唇の合間から淫猥な喘ぎを零した。ピアスが妖しく動き、胸先の突起をさらに刺激しているのがわかる。

禁断の花園へ先に足を踏み出したのはローザだったが、いつの間にかモニカのほうが積極的に百合の花々を可憐に咲き散らして、その愉悦に浸っていた。

大きく盛り上がった乳半球が瑞々しく絡みあい、隆起しきった乳芯同士の淫らなフェンシングが続いた。

双乳が激しく絡みつき、へしゃげあい、それぞれの膨らみを艶めかしく押し潰しあった。そうして張ったバストの先端から、乳白色の液がじゅんと滲みだす。

互いの胸先から溢れだしたミルクは暴力的な盛りあがりの頂点から裾野へ、幾本もの筋を放射状に描いて、ゆっくりと垂れ落ちていった。

「……ん、んふぁぁ……モニカさん、お、おっぱいが出て……もうご懐妊なさっているのですね……お汁を溢れさせた胸、なんていやらしい……あ、あんッ……♥」

「ローザさまも、です。いやらしく母乳を溢れさせてらして、甘い匂いが漂ってきます。んちゅ、ちゅぶッ……ちゅばちゅば、んちゅば……キスも、激しくて、素敵です♥」

熱い呼気が違いの顔を嬲り、蕩けきった視線が妖しく絡む。

そうして再び貴族娘は禁域に足を踏み入れて、狂おしい背徳感に苛まれながら、その秘められた歓喜を貪り求めた。

「んぷは……はふぅ……ローザさま。おっぱいも気持ち良くして差し上げます……」

モニカはローザとの長いキスを終えると、艶やかに膨らんだ唇を彼女の乳先へ押しつけて、ピアスごと乳首を吸いたてる。

ちゅぷちゅぷと艶めかしい吸い音が鳴り、滲む乳液が吸われた。モニカの吸乳に、ローザは妖しく息を乱して、上体を左右に揺さぶって悶えた。

「……そんな、これは……あ、赤ちゃんと、神官さまのものですのよ。なのに、ああ、吸わないで、あはぁぁ……」

「ローザさまのおっぱい、甘くて、濃くて、美味しい♥ 案外、ローザさま、マゾですよね。私よりも責められるのに弱いみたいです♥ んぢゅ、ぢゅッ、んぢゅるるるッ！」

「……も、モニカさん……そんなことをおっしゃられる方では、あ、ありませんでしたのに……あ、あひぃ、あひぃぃーッ♥♥」

ローザは双乳をモニカに交互に吸いたてられて、先端からいやらしくミルクを噴きださせて、切れぎれに嬌声をあげるのだった。

「あふ、あふぅ……こんなにお乳を飲まれてしまって……恥ずかしいですわ……わたくしも、モニカさんのおっぱいを頂きますわね……いやとは言わせませんの……♥」

反撃とばかりに耳まで真っ赤にしたままで、ローザはモニカの裸乳にしゃぶりつくと、れろれろと乳頭から流れだす濃厚な練乳の滝をれろれろと舐めて、それを啜り飲んでいく。

「あんッ、ローザさま……そんなにがっつかないでください。あふ、あふぅぅ……口からミルクが零れてらっしゃいます……」

「それは、あ、あなたもですわ。ああ、モニカさんの母乳、美味しいですわっ♥ もっと、わたくしのために出しなさい。んう、んちゅぷ、ちゅぱッ、んちぅ、んぢぅぅッ♥」

ローザもモニカに負けじと相手の肥大化したバストを根元から揉みしだきつつ、激しく吸いたてた。その吸引で乳肌が艶美に波打ち、胸先のピアスが妖しく躍った。

「……んひ、んひぁぁ……ローザさまにおっぱいを飲んでいただいて……私、幸せです……んふぅ、んふぁぁぁぁ……」

「わたくしも、モニカさんのお乳、美味しい。んく、んくんくッ……赤ちゃんになったみたいで、甘くて、いけないお味がたまりませんの……んぷはぁ……」

彼女らは互いのミルクを飲みあい、そして再びキスしつつ、秘所を細指で慰めあう。その女体同士は溶けるように重なりあって、互いに悦びを与えつづけた。ただ、どうしても空虚な疼きだけは抑えることができないでいるようだ。

神官はローザとモニカをじらすだけじらしてから、彼女たちの前へ姿を見せた。

「ああ、神官さま。やっと、いらっしゃいましたわッ♥」

「ずっとお待ちしていました。神官さま……♥」

乳汁をいやらしく滴らせつつ、剥きだしの胸乳を上下左右に揺さぶって、白い飛沫をあたりへ撒き散らしつつ、貴族娘たちは走り寄ってきた。

「さすがにじらしすぎたみたいだな。さ、奉仕してもらおうか」

神官が屹立を取り出して彼女らの前に晒すと、ふたりはそのまま豊かな膨らみをぎゅっと押しつけてきた。

すでに子宮に子を宿したふたりのバストは母乳でぱんぱんに張っている状態だ。じらされたローザとモニカは互いに双爆を押しつけあい、生乳を飲みあって、互いの劣情を昂ぶらせあっていた。

刺激しあった豊乳の先端はいやらしく拡がって、ぱんぱんに膨れた乳腺から溢れたコンデンスミルクが垂れ流されている。そこに剛直がぐりぐりと押しつけられて、乳先からはさらに多量の蜜液が高らかに噴きあがった。

「あひ、あひぁぁーッ♥　ミルクが溢れて、い、いやっ……恥ずかしいですわッ……」

「……あんんッ、母乳を滲ませてる姿、み、見ないでください……くふ、んくふっ♥」

たわわな膨らみの先から射乳するのを見られて、ローザとモニカは恥じらいで真っ赤になってしまう。

「さっきはふたりで、おっぱいを飲みあってたのにか。俺の前だ。何もかもさらけ出して、悶えてもいいんだぞ」

「はい、ありがとうございます。神官さま。では、お言葉に甘えて、ん、あふぅ……」

ローザは乳房をむにゅむにゅと雄竿に擦りつけて、溢れた生白い蜜液をローション代わりにして、パイズリをはじめた。

「あ……ローザさま、ずるいです。私も、神官さまに奉仕いたします。んう、んうう♥」

モニカも双塊を怒張へ押しつけて、その柔乳で亀頭を扱きたてながらも、先端からびゅ

るぴゅると蜜乳を噴きださせて、それを潤滑油としてパイズリを加速させていく。

はち切れんばかりのボリューム感溢れるバストが、左右から同時にぎゅむぎゅむと押しつけられ、秘棒が甘い脂肪塊のプレスでぐいぐいと責められる。

溢れるミルクをローションにして、滑らかな乳肌に張ったエラを幾度も扱かれた。四つの豊かな膨らみのもたらす乳圧と摩擦悦の凄まじさに射精欲求が激しく煽られて、気を緩めたら最後、そのまま暴発してしまいそうだ。

「く、くうッ……いいぞ、ふたりとも。母乳パイズリなんて、はじめてだが最高だ。おっぱいで気持ちよく擦られながら、ふたりのいやらしい射乳姿を見られるのが、たまらないな」

「そんな。いやらしいだなんて、おっしゃらないでくださいませ。あ、あひ、あひぃぃ、またで、出てしまいます。おっぱいから、お漏らししますわッ、あぁーッ♥♥」

「ん、んあッ……ローザさまばかり、いやらしいお姿を神官さまに見せて……ず、ずるいです。私だって、で、出るぅッ♥　出ますうぅぅーッ♥　いやらしく、びゅるびゅるっれぇ、射乳致しますぅッ♥　やはぁあああぁーッ♥♥」

ローザのいやらしい放乳に負けじと、モニカも自らパイズリしながら、白く濁ったシャワーを噴きださせた。互いに胸先の突起からミルクを溢れさせて、屹立とピアスと白く染めながら、さらにパイズリは激しくなっていく。乳球が妖しく幹根を根元から切っ先まで扱きたてて、歓喜の波を注ぎつづけた。

そうして令嬢たちは乳塊から飛びだした亀頭へ激しく舌を絡めてくる。ツユダクの舌粘膜がねちっこく巻きついて、その愉悦に竿ごと溶けてしまいそうだ。

乳白色の蜜汁に雄槍をコーティングされて、ぬかるんだ乳肌のすべらかな感触で射精へと追い詰められそうになる。先走りはとめどなく溢れて乳汁と混ざりあい、猥雑な泡だちを見せた。

「……ん、んうう……いいぞ、ふたりとも。そろそろ出そうだ……」

柔らかな脂肪のたわみが亀頭に絡みつき、ピアスが軽く穂先を嬲るたびに、下腹部でぐつぐつと煮えた白濁汁が竿胴の内を迫り上がっては、下りを繰り返す。

そり返った幹根はヒクヒクと脈動して、吐精のときを待ち構えていた。

「神官さまのオチンポ、いやらしく震えてますわ。さ、お射精くださいませ♥　わたくしに熱々のザーメン、ぶっかけしてぇッ♥　髪も顔も、わたくしのすべてを、汚してくださいませぇぇぇぇーッ♥♥♥」

「私だって神官さまの精液の洗礼を、たっぷりと浴びたいです♥　顔面に精液をぶちまけられると想像しただけで、あ、あぁッ……♥　早く、お願い致しますッ♥♥」

ローザもモニカも、恥じらいをかなぐり捨てて、はち切れんばかり膨らんだバストから母乳のお漏らしをしながら、甘く卑猥なミルクパイズリに励んだ。

そうして淫蕩な令嬢たちの爆乳プレス責めで、竿胴の先へと精が扱きだされていく。

「だ、出すぞッ。くうッ、くううううーッ!!」

神官は叫びとともに、突沸した精粘汁を剛直の先から迸らせた。

隆起した雄根がビクビクと律動し、精液が水柱となって高々と噴きあがった。

舞い上がった粘汁はそのままローザとモニカの美貌に着弾して、その顔を生臭さと、ねばりでドロドロに汚しきった。

「あぶぶぅぅ……これですわ……神官さまのザーメンシャワー……わたくし、また顔で受けとめられましたの……あはぁ、あはぁぁ、こんな幸せなことありませんわ……」

「……んう、んぶぅッ……べっとりとした精液の滝を顔面に浴びせられて……あへぇ、あはぇぇ……このモニカも、汚されっぷりで、ローザさまに負けておりません……あふぁぁ……」

精液の雨あられは、ローザとモニカの端正な顔を、流れるような髪を、そして生白い乳房や、淡い新雪のような裸身を、濁りで染めあげる。

ふたりは裸身から立ちのぼる栗の花にも似た香りに酔い痴れながら、はふはふと荒く息を乱した。

神官は精を放ち終えると、貴族娘たちにおまんこを捧げるよう命じた。

「は、はい……おまんこですわね。わかりましたわ♥　や、やっと肉便器使いしていただけますのね♥」

「こちらもお願いします。モニカのビッチな肉便器の使い心地もお試しください」

ローザとモニカは仰向けになると、競うように太腿を割り開いて、股座をさらけ出した。

ふたりは尻たぶを押しつけたままで、互い

の秘口を天井に向けて晒した、いわゆるまんぐり返しの体勢だ。

気高い娘たちの競うような肉便器っぷりを見下ろしながら、神官はくつくつと笑う。

伯爵令嬢らしい高貴なたたずまいのローザの膣も、清純な麗しさのモニカの膣も、どちらも食べ頃の果実のように成熟して、濃い発酵臭が漂ってきていた。

内奥からは甘く瑞々しい果汁がたっぷりと溢れて、神官を妖美に誘ってくる。

いつの間にか、怒張は下腹を叩かんばかりに雄々しくそり返って、先端からはカウパーがびゅくびゅくと噴きだしていた。

「さ、ふたりとも。今回はよく頑張ったな。国内の大半の貴族がこちらの味方につけば、破滅も回避できるだろう。褒美に肉便器として、しっかり使ってやるぞ」

「ありがとうございます。ああッ、楽しみですわ♥」

ローザは膣を自ら大きく開いて、ぐっしょり濡れた膣粘膜を晒した。妖しくヒクつく蜜壺のいやらしさに神官は見入ってしまう。

「私も頑張りました。地方の貴族はみな、神官さまの味方です。ですから、このモニカにもご褒美を♥」

モニカも負けじと膣をくぱぁと二本指で開いて、欲しがりぶりをアピールする。昔の奥ゆかしい印象は陰を潜めて、ローザ以上のビッチぶりを晒していた。

「わかっている。ふたりとも一緒に犯してやるからな」

いやらしい肉便器体勢のふたりを見下ろしながら、屹立の先端は痛いほど張り詰める。高貴な娘たちは、舌をだらしなくはみ出させて、はぁはぁと息を荒げつつ、神官と隆起しきった分身を交互に見つめてきた。その下品さ丸出しの、アへ蕩けきった視線を浴びながら心地良さに浸った。

そうして神官はふたりをたっぷりとじらして、自らの嗜虐心を満たしてから、ふたつの肉便器を使いはじめた。

「そら、いくぞ」

まずはローザのクレヴァスを上から貫くと、その膣底まで一気に犯し抜く。

荒々しいピストンで蜜壺をぐちゅ混ぜにされて、彼女はひいひいと悶えつつ、淫紋の刻まれた下腹部の柔肌を妖しく揺さぶった。

「んい、んいい、んひぎぃぃ……わたくし、い、入れていただいばかりですのに、イグ、イグぅぅッ♥ あ、アクメっ、してしまいますわーッ♥ あひっ、あひぃぃぃーッ♥♥」

「おっと、イクにはまだ早いよな――」

ローザの絶頂寸前のタイミングで神官は剛棒を引き抜き、今度は待ちわびたモニカを犯す。怒張が膣奥を抉って愉悦が子宮まで響いたのか、モニカは端正な表情を崩して、激しく身悶えした。

「くひぃ、んひぎぃ……神官さまのオチンポ、奥までズンズン響いて……す、凄いです。こ

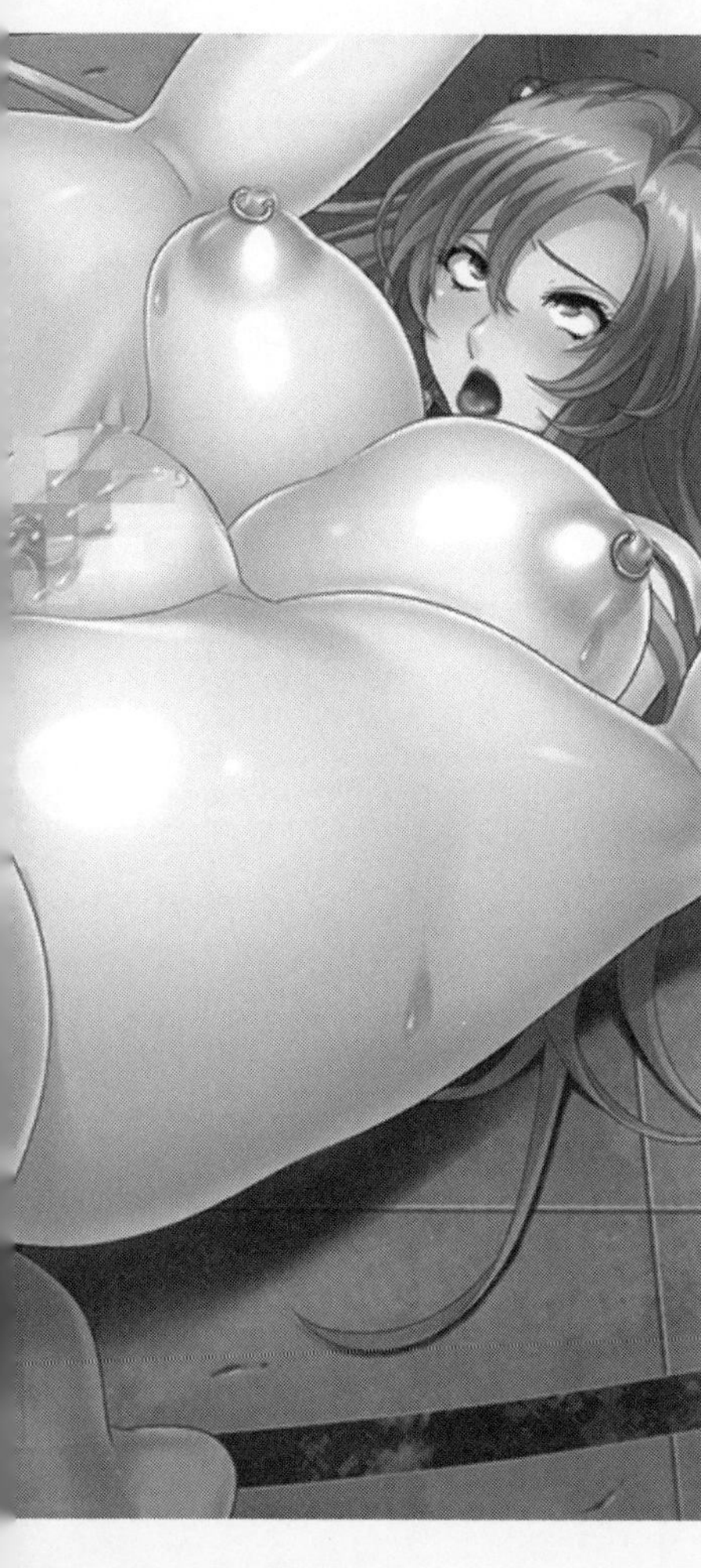

れ、これですぅ。私、は、激しいセックスでないと、これぐらい、めちゃくちゃに犯されないと、満足できません、ひぐ、ひぐぐぅッ……♥」

モニカは緩んだ口元から舌をだらしなくはみ出させつつ、半ば白目を剥きながら、感極まった声をあげる。

神官はペニスの楔で膣奥を叩いて、彼女を責めたてていく。すでに子を孕んだ子宮は揺

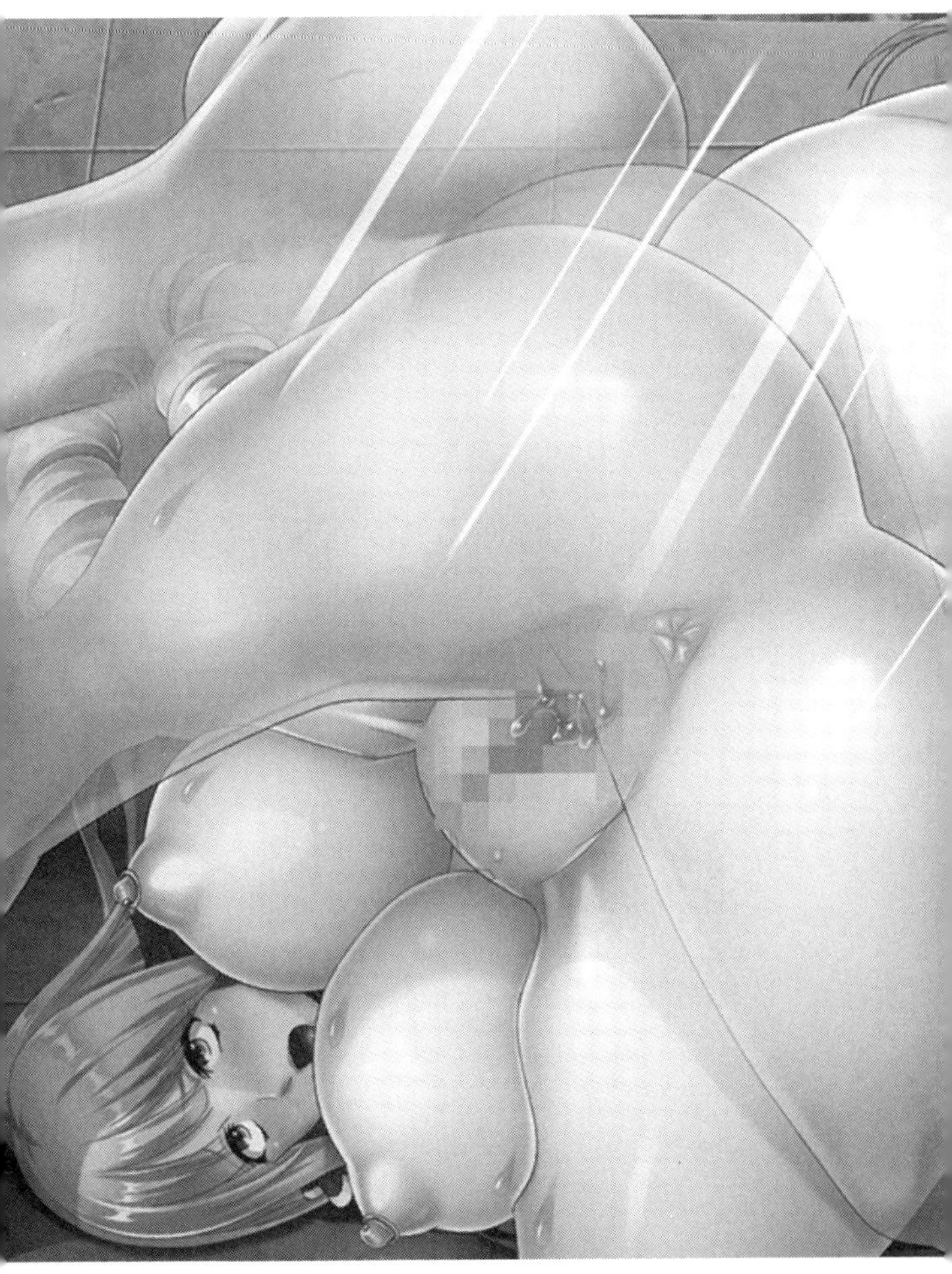

さぶられるたびに、今までに感じたことのない歓喜を覚えるようで、モニカはくぐもった喘ぎを漏らしつつ、大きく開いた腿肌をいやらしく揺さぶった。

「もっと、もっとください。神官さまのデカマラで、モニカをイカせて、あえ、あえぇッ、あへぇぇーッ♥♥」

淫紋で貪婪になった膣は激しい刺突の連続でも、まったく苦にならなくなっていて、モニカは悦びの叫びをあげて、ぶるると下肢を震わせた。

「ああ、モニカさん、うらやましすぎですわ……♥ あんなに、いやらしく犯されてらっしゃって……ごく……」

ローザは艶美な紋様で彩られた下腹部をくねらせて、太腿をさらに開脚して、神官の挿入をねだって見せる。

彼女の天井を仰いだ膣杯には蜜汁が溢れかえって、身体をかすかに揺さぶるだけで、どぷどぷとそこから零れて、尻の谷間を伝い落ちて、石床を濡らした。

「わ、わたくしも伯爵令嬢とはいえ、今は立派な肉便器ですわ。もっと、ビッチに乱れてみせますのよッ♥ ですから……神官さま、お願いですわ。ローザも犯して……このわたくしも、もっとメス便器として、が、頑張れますわッ♥♥」

「ローザさま……あ、あぁッ、今は私の番ですから、い、イグ、イグイグゥぅ……このまま、あ、アクメしますッ……あふ、あふあああッ……」

神官はモニカが果てる寸前を見計らって、屹立を勢いよく引き抜いた。寸止めされたモニカは熱い眼差しで恨めしそうに神官を見る。

膣奥からはラブジュースがとめどなく溢れて、蜜壺の水位が次第にあがっていく。そうして溜まった液をだらだらと床に滴らせた。

「今度は、ローザだ。んううッ！」

「ひううッ、神官さまのオチンポ、やっときましたわッ♥　き、気持ちいいのがくるッ♥　きますわッ♥　あえ、あええッ、ぶっといチンポで、おまんこ、さ、裂けそうなほど拡がって、奥も、子宮まで揺さぶられて、んい、んいいッ♥」

幾度も使いこんだローザの蜜壺は神官の剛直の形を隅々まで覚えていて、それぴったりに収縮してきた。膣ヒダの一枚一枚が艶めかしく絡みついてきて、神官の下腹部から白濁を引き抜きにかかった。

その妖艶な膣の蠢(うごめ)きに引きずられるように、神官は激しいピストンを加え、彼女の膣奥を荒々しく抉りつづけた。

「く、くううッ。まずはローザから出すぞ。肉便器の先輩だからなッ！」

「はひ、はひぃぃッ♥　ありがとうございます。わ、わたくし、幸せですのッ。ずっと、ずっとッ、神官さまの肉便器ですのッ、あ、あああ――」

ローザは上から叩きこまれた雄槍の杭打ちセックスで、子宮口にぴったりと切っ先を押しつけられて、そこへ多量の白濁粘液を注がれた。

「ひぐぐぅ……孕んでおりますのに……し、子宮にナマ出しされたら……あ、あぐぐッ♥あっぎいいぃぃーッ♥♥♥」

どぷどぷと出された子種の熱で、子宮をビクビクと痙攣させながら、ローザは法悦を極める。そうしてぐったりと崩れてしまうのだった。

「……ああ、ローザさま……素敵なアクメ姿です。私も……あんなに激しくイカせていただきたいです……♥」

「いいぞ。次はモニカの番だからな。んんッ!!」

「んふぉ、おふぉぉ……そんな、いきなり子宮の奥、んひぃ、んひぎぃぃ……」

怒張は荒々しくモニカの膣奥に押しこまれて、幾度も孕んだ子宮が揺さぶられる。

妊娠した子宮を集中的に刺激されて、その歓喜の凄まじさにモニカは喘ぎさえあげられずに、死にかかった虫のようにビクビクと四肢を震わせた。

「……あえ、あええ……あえへぇぇ……さ、最高です。こんなに激しくされるなんて、そ、想像さえしてませんでしたぁ……あぇぁ、あぇはぁぁ………」

モニカの膣もローザ同様に神官のペニスの形状をしっかりと記憶していて、ピストンのたびに怒張に吸いついて、吐精を促してくる。

幹竿の内側を昇り下りする白濁液の心地良さを感じつつ、さらに腰を遣いつづけた。抜き挿しのストロークを大きくして、蜜汁でいっぱいになった秘筒を荒々しくかき混ぜてやる。

「……い、イグぅぅ……し、子宮れぇ……♥ あひぐッ……あひぎぃぃ……♥」

「そら、これでどうだ。モニカも肉便器らしくアクメしろよッ！ んうううッ!!」

そうして下劣な欲望の塊を、雄叫びとともにモニカの子宮に向けて、たっぷりと注ぎこんでやった。

「あひ、あひぃぃ……熱いのが、いっぱいきてぇッ♥ い、イグ、イグイグイグぅーッ♥ 今度こそ、い、イグぅううぅぅーッ♥♥ やはぁあああぁぁーッ♥♥♥」

モニカは肉便器体勢のままで灼熱液の放水を膣内へ浴びて、透きとおるように白い絹肌を妖しく震わせつつ、喜悦の頂きへ飛翔したのだった。

「し、神官さまぁ……わたくしにも……ローザにも、もっと精液をおめぐみくださいませぇ……あふ、あふぁぁ……」

「ああ、まだまだ出すぞ。そらぁあああぁぁーッ!!」

モニカの膣内に出した直後に砲身を引き抜くと、そのままおねだりするローザの中へたっぷりと子種液を流しこんでやった。

「神官さまの精液……いっぱい……温かくて、ローザは幸せですわ……♥」

陶酔しきった表情のローザに、さらに多量の精濁液を放つ。

「あ、ああ……あはぁぁ……こんなに出していただいて……神官さまぁ……あぇぇ……あへぇぇ……あふぇぇ………」

秘筒の奥で切っ先をリズミカルに震わせながら、精粘塊を連続で吐きだしてやると、屹立をゆっくりと抜き取った。

ふたつの肉便器を使い終えても、未だ吐精はとどまるところを知らず、切っ先から蜜を滴らせながら妖しくヒクつきつづけた。

「そらッ、中だけじゃなくて、外にもたっぷりぶちまけてやるぞ。うおおおーッ！」

雄叫びとともに剛棒は妖しく律動し、ふたつの貴族肉便器へ向けて、たっぷりと追加で熱濁液を浴びせかけた。

秘部を晒したままで種付けを受けて、白汁のねばった糸で全身を絡められながら、うっとりと陶酔に満ちた瞳を神官へ向けてくる。

乱れきった呼吸とともに、盛りあがったナマ乳房が大きく上下して、それでも従順な肉便器スタイルは保ったままだ。

その従順極まった様子に神官はさらに昂ぶり、雄竿を隆々と勃起させた。

「おまんこだけじゃ物足りないだろう。尻も使ってやるぞ。こっちへ向けろ」

「は、はいですわ。神官さまぁ」

「私も……お願いですぅ……」

ローザとモニカにヒップを突きだすよう命じると、彼女たちはすぐ四つん這いになる。子種を貯めこんだ膣便器からは粘汁がドロりと滴り、内腿を淫猥に濡れ輝かせた。

象牙のような艶めかしい白さの艶尻がふたつ、横に並んで突きだされる様はあまりに壮観で、神官は両手でそれぞれの臀部を撫でさすり、その沈みこむような尻肌のもちもちした感触を堪能した。

「……あ、あふ……神官さま……手つきがいやらしいですわ……」

「んふぅ……四つん這いで、お尻を撫でられるの、は、恥ずかしいです……」

貴族娘たちは耳まで真っ赤にしながら、尻たぶをぶるると震わせた。

神官は尻の谷間に沿って指を這わせると、肛門へ中指をずぶぶと潜りこませて、そこをほぐしてやった。

「あ、あふぅ……指がずぼずぼ、出たり入ったり……い、いやらしすぎますわ……♥」

「……おッ、おおッ……神官さまにお尻をいじられて。変な声、出てしまいます……おふ、おふぅぅッ♥」

指先を少しずつ奥へ押しこみ、ふたりの尻孔を浅くかき混ぜて少しずつ拡げていく。抜き挿しのたびに獣の吠え声にも似た喘ぎが交錯して、儀式の間に響く。窄まりからは透明な腸粘液が溢れて、臀丘の狭間を伝い落ちていった。

「ふたりともアナルは初めてだよな。なのに、もう感じ始めてるなんて、素質は充分だな」

神官はふたりのビッチぶりを嬲りながら、さらに中指を押しこんで直腸をぐぢゅぐぢゅと混ぜ捏ねてやった。

四つん這いのまま、ローザとモニカは白い臀球を振り乱して艶美な喘ぎを零した。

直腸にしばらく抽送を加えてやると、アナルは次第に拡幅されて、二本指までやすやすと受け入れられるようになった。

「初めてとは思えないほど、いやらしく拡がったな。中から汁も溢れてきて、もういけそうだな」

「は、はい……神官さまのオチンポ、お尻の穴でも頂けるなんて、こ、光栄ですわ♥」

「神官さまのデカマラで貫いていただけるなんて、考えただけでも、あ、ああッ……」

モニカの腸口は妖しく窄まって、神官の指に吸いついてきた。

「こっちのアナルのほうが、欲しがりっぷりでは上だな」

「だ、だって……神官さまにお尻を晒しながら、中を混ぜまぜされてたら、感じてしまって……あふ、あふぁ……」

モニカは大胆に尻肉を押しつけてきて、アナルへの挿入を積極的に求めた。

「そんな……わたくしも、神官さまのオチンポ、い、頂きたいですわ。こういうときは、い、家柄優先ですわよ。モニカさんッ」

「……そんなこと、決まってましたでしょうか。いくらモニカさまでも……神官さまのオチンポに関してだけは、お譲りするわけにはいきません……」

モニカはローザの勢いに押されながらも、尻たぶを神官の手にぐいぐいと押しつけて、激しいおねだりアピールを見せた。

「ふたりとも、たっぷり可愛がってやるから。喧嘩するな」

神官は彼女らをなだめつつ、指先を抜く。

「ああ、神官さま。わたくしのアナルのほうが、いやらしいですわよ♥　ど、どうぞ♥」

ローザは自ら尻丘を割り開いて、艶めかしく拡がった尻蕾を晒してみせた。朱色の腸粘膜が妖しく覗いて、内奥がペニスを欲しがって淫靡に震えていた。

「ローザさまがそこまでいやらしい真似をされるのなら、私だって。さ、どうぞ、神官さま。モニカも神官さまをお迎えする支度はできております」

モニカも柔尻の妖しい切れこみを自身の手で卑猥に拡げて、尻孔を露わにした。そこには初々しい桃色の菊花が咲き、内奥の妖しい蠢きとともに溢れた汁が零れ堕ちた。

ローザとモニカは羞恥(しゅうち)に生尻をぶるると揺さぶりつつ、どうぞお使いくださいとばかりに、処女アナルを神官へ競うように捧げてきた。

どちらの窄まりも大きく押し拡げられて、奥の様子がよく見えた。どちらの直腸粘膜も瑞々しく濡れ輝いて、怒張の挿入を欲していた。

彼女らの羞恥を煽るように、初物の尻口をじっと見比べてやる。並んだ四つの尻たぶがぶるると震えて、かすかに波打つ。

そのたびに腸液がひと筋、またひと筋と垂れ落ちて、内腿を濡らした。

「さっきはローザから始めたからな。今度はモニカだ。いくぞ」

神官はそう言うと、隆起しきった逸物をモニカの腸口にぐっと押し当てると、そのままずぶぶと挿入していく。

「お、おお、んおおおッ……神官さまの、お、おおきいの……中に、ああおお……」

モニカは瞳を大きく見開いたまま、喉奥からくぐもった呻きをあげながらも、ヒップを大きく揺さぶって、怒張を自ら奥へ受け入れようとした。

「初めてなのに、その欲しがりっぷり。あの清楚なモニカと同じ人間とは思えないな」

「だ、だって……ずっとじらされてたから……お、お尻、犯して欲しくて……もう、限界なんです。あふ、はふぅぅ……奥まで貫いて……私のこと、めちゃくちゃにしてくださいッ♥ おふ、おふうッ……おふおぉッ……♥」

「いいぞ、そらぁッ。んう、んううッ！」

モニカの淫らなおねだりに応じて、神官は彼女の細腰を引き寄せつつ、雄根で腸奥を叩いてやる。彼女のアナルは待ちわびていたかのように屹立に吸いついて、奥へといざなってきた。神官は射精欲求を押し殺しながら、モニカの腸孔を責めたてた。

張りだした雁首にごりりと腸壁を擦られるたびに、貴族の娘とは思えぬオホ声をあげつづけて、臀丘を大きく揺さぶって、乱れぶりを加速させた。

「お、おうう、おうふぅッ……おうぅーッ……お、おお……おほおぉーッ♥ ぶっといオチンポでお尻の奥、ぐちゅ混ぜされて、いい、いいです♥ き、気持ちいいッ……♥」

口の端から涎を滴らせて、欲情のままに四つん這いで咆哮にもにた叫びをあげる様は、もはや動物そのものだ。

彼女の腸壁のつるつるした感触やキツい締めつけが心地良すぎて、神官も手加減を忘れて腰を振ってしまう。下腹部がぶつかるたびに、肉同士のぶつかる卑猥な音が響いた。

そうして肛門から濡れたペニスが現れては、再び腸奥へ沈んだ。清楚なモニカのアナルを犯していると実感するほどに、神官は強烈な背徳の興奮を覚えた。

「アナル、は、初めてなのに。こんなによがっちゃって、ごめんなさいッ♥ んお、んおッ♥ んおほぉーッ♥」

悶えるモニカと並んだローザも、彼女の淫靡な犯され姿にすっかり昂ぶってしまって、自身の菊孔に指を潜りこませて、アナルオナニー姿を披露してくる。

「あお、あおおッ♥ モニカさん、ずるいですわよ。そんなにいやらしい姿で、お尻を犯されるだなんて……う、うらやましすぎますわッ♥ あおふぅッ、あおほぉおーッ♥♥」

ローザの細指が肛門に抜き挿しされて、その手指は透きとおった腸液でドロドロになっていた。神官は伯爵令嬢のアナニー姿を堪能しながら、屹立を突きこんでモニカを犯し抜く。

「んぐ、んぐひぃぃ……し、神官さまぁ……お、おおッ……そんらにお、奥ぅ、突かれたら……わ、私、もうッ……初めてのアナルでは、果ててしまいます、おほぉぉーッ♥」

「もう、尻孔でアクメか。あの清らかなモニカはどこへいったんだ？」

「だ、だって……私、し、神官さまにか、変えられてしまったんです。昔は王子さまだけだったのに、あ、ああッ♥　今は、神官さまでないと、このデカマラでないと、満足できないですッ……イグ、イグぅぅッ、あと、ひ、ひと突きで――」

そのタイミングで神官はモニカから勢いよく剛直を引き抜いた。

「……し、神官さま……あ、あと少しでイケましたのに……う、うう……」

モニカはぐったりとなったまま、ぽっかりと妖しく開いた尻口を恨めしげに揺さぶる。内奥からはおねだり汁がとめどなく零れた。

神官はモニカに、飼い犬のようにお預けさせたままで、隣のローザのアナルを犯した。

「……あ、あああッ……やっと、わたくしのお尻にも……き、来ましたわッ……♥　神官さまのオチンポぉ……んお、んおお……」

挿入にうれしげに艶尻を震わせつつ、怒張を奥まで呑みこんでいく。伯爵令嬢のものとは思えないほど、その菊座はいやらしく拡がりきっていた。

そこを幹竿がぬちゅぬちゅと湿潤音とともに、出入りする。

「……お、おうう、おううッ……んおほうぅぅ♥　お腹の中、ぐちゅ混ぜにされて……こんなの初めてですわ……♥」

モニカ同様にローザもケダモノめいた呻きとともに、臀球を振りたくって身悶えした。むっちり張った尻丘が前後左右にぶるぶると波打つ様に、彼女の盛大な感じっぷりが見て取れた。

「……ローザさまの犯され姿、本当にいやらしくて……あふ、あふぅぅ……す、寸止めのままなんていやです……アナルで最後まで気持ち良くしてください……♥」

そばに転がったモニカは双臀を揺さぶりつつ、先ほどのピストンで緩みきった菊割れを手指でいやらしくまさぐりつづけていた。

開発されきったモニカの直腸は汁気たっぷりで、指先が尻奥に突きこまれるたびに液が滴って指の股を濡らした。それは排泄器官というより、もうひとつの新しい性器だ。

「じらしたときのモニカの欲しがりっぷり、最高だよな。もう少し我慢して、エロい顔を見せてくれよ。ん、んんッ！」

神官はローザの腸腔をぐちゃ混ぜにしながら、モニカのおねだり姿を視姦する。ふたりの高貴な乙女ゲームヒロインがヒップを並べて、よがったり、おねだりする様は最高にエロティックだった。その淫猥さに刺激されて、神官の昂ぶりは最高潮に達しつつあった。

「あ、あお、あおおッ♥ 神官さま、い、今はわたくしのお尻を混ぜまぜしてぇ♥ 存分にお使いくださいませぇッ♥ んう、んうふぅッ♥」

ローザはモニカに負けじと自ら艶腰をくねらせて、腸壁で雁首を擦って刺激してきた。つるつるの腸粘膜が吸いつくように絡んで、その快美感に子種が下腹部で妖しく騒いだ。

「いやらしい腰遣いだが、ローザもこっちは初めてだったよな。んん、んんんッ！」
「はい、初めてです。あぐ、あぐふぅ……お尻の初めてでも神官さまにお捧げできて、これ以上の光栄はございませんわ♥」
アナルファックの背徳と歓喜に乱れながらも、ローザは肉便器らしく媚びた姿をみせる。

自分の立場をしっかりとわきまえた伯爵令嬢の姿に、神官の劣情は激しく煽られて、さらに彼女を荒々しく責めてやった。

狭まった直腸深くをピストンとともに拡張して、その最奥を幾度も叩いた。

切っ先がS字結腸へ抉るように突き刺さって、その内粘膜を大きく引き伸ばしていく。衝撃は内臓まで大きく揺さぶり、鈍い性悦の波がローザの全身に広がった。

「おう、おうほぉぉ……♥　こ、これがアナルセックスですのね……そ、想像以上にいやらしくて、す、素晴らしいですわーッ♥♥　おっほぉおおおぉぉーッ♥♥」

腸奥に響く甘美な愉悦と、屹立を大きく抜き挿しされるときの排泄にも似た快美、それらがない交ぜになって、ローザを襲った。

「……も、もう、わたくしも、だ、ダメですのッ。もっと、神官さまにご奉仕しないと、いけませんのに……おふ、おふぅッ……おふおおぉぉ……♥」

彼女は頭を大きく左右に揺さぶって雄叫びをあげる。汗ばんだ艶やかな背肌はかすかに粟立っていて、悦びの果てが近いことはすぐにわかった。

「……あおお、あおふぉぉ……♥　気持ちいいのが、い、いっぱいッ、すぐそこまで来てますわッ……♥」

ローザは腸腔の半ばを雁首のエラで激しくシェイクされながら、巨根を咥えた結合部から淫蜜を溢れさせて、それを飛沫としてあたりに撒き散らした。

「じゃあ、すぐにイカせてやるぞ。そらッ、このままケツアクメしろッ!!」

神官は彼女の柔腰をぐっと引き寄せて、腸腔の最奥を抉るように亀頭を押しこんだ。

不意打ちのように槍先で結腸を強く抉られて、ローザは双臀を大きく波打たせつつ、身体の内側で大きく広がる喜悦の凄まじさに身体を強張らせた。

「お、おおッ……おふおぉ……わたくし、い、イグ、イグぅぅ……アナルでイグぅーッ♥んおほぉおおおおぉーッ♥♥♥」

下腹部いっぱいに怒張を咥えこんだまま、彼女は四肢を引き攣らせながら、尻孔絶頂をキメるのだった。

「……あ、そんな……ローザさま、先にイクなんて……ずるいです……こちらも、お願いします。し、神官さまぁ……あ、ああ……」

放置されたままのモニカは自ら尻蕾を慰めつつ、恨めしそうな目でローザを見る。

「モニカも、すぐにイカせてやるぞ」

神官はモニカの手をのけると、そこへ勢いよく剛槍を押しこんだ。

「あおおッ……私のアナルにまた、あ、ああ、あおふぅ……♥」

ローザの腸液で濡れた太幹は、モニカの直腸に一気に潜りこみ、その奥まで貫いた。

「……あぐ……あぐぅ……お、奥に響くの、いい、気持ち良すぎですぅ……♥」

モニカは表情を強張らせつつ、内臓にまで響く神官の荒々しい腰遣いで、法悦の極みへ飛ばされていく。

「お、おふぅぅ……やっと、き、気持ち良くなれますッ。お尻で、あ、アクメぇぇ♥　キメてますぅぅーッ♥　んお、んおおッ、んおっほおおおぉぉーッ♥♥♥」

高らかな嬌声を発しつつ、頤を大きくそらしてモニカも肛虐絶頂したのだった。

「……あ、あふぁぁ……私も、い、イケましたぁ……ローザさまと同じです……あ、あえぇ……あふぇぇ……」

アナルで達したモニカは、ローザ同様に床にぐったりと倒れこむと、その口元をだらしなく緩ませて、艶唇の合間から力なく舌先を零れださせた。

「ふたりとも、初アナルでイクとはな。んうう、俺も出すぞッ!!」

神官はモニカの菊孔から幹竿を抜くと、そのままそり返った雄竿の先から種汁を大きく吐き出した。

弧を描いて宙空を飛んだ粘濁液は、そのままローザとモニカの丸く張った尻塊にびしゃびしゃと浴びせかけられる。

ぽっかり口を開けた臀部にも種付液が吐きかけられ、淫靡な精化粧が施されていく。

床にぐったり倒れたふたりは呆けきったままで、幸せそうに顔を見あわせて、その手をそっと握りあった。

「あふ、あふぁぁ……神官さま……ローザを使っていただいて、ありがとうございます」

「モニカもです。またご利用ください……ずっと神官さま専用肉便器です……」

「いいぞ、これからも俺のものだ。しっかり使ってやるぞ。お前たちのお陰で貴族の大半が味方についた。あとは邪魔な王子をなんとかするだけだ。それが済んだ暁には――」

それ以上言わなくとも、ローザはすでにわかっているようだ。

「ええ、今のお立場よりも、偉大な地位におつきになられますわ……♥」

息を乱しながらも、神官の意図をくみ取って、妖美な笑みを浮かべた。

「……では、神官さまではなく――ご主人さま。そうお呼びして良いでしょうか。肉便器といえば所有物、いわば奴隷です。私はマゾ奴隷らしく、ずっとそうお呼びしたいと思っておりました」

「……ああ、それは良いですわね。モニカさん。わたくしも、あなたさまを、ご主人さまとお呼びしますわ。ああ、なんという甘美な響き。己の下賎な身の上と、ご奉仕の気持ちをいつも確認できますわね」

貴族の娘ならば、生涯、口にすることのない、ご主人さまというへりくだった言葉。それがふたりの口から連呼される。

それは彼女らが自らを肉便器と認めて、そのことを日々、確認したいというマゾ奴隷らしい欲求からでたことは明らかだ。

美しく、淫蕩な最高級の肉便器に仕上がった貴族娘たち。彼女らがひたむきに尽くそうとする姿は、ひどく愛らしく思えた。

転生前には想像だにしなかった、ドスケベで充実した日々。そしてローザにモニカという、自分専用の愛らしい肉便器娘たち。

(……転生までして手に入れた最高の女たちだ。簡単に手放すわけにはいかないよな)

彼女たちは王子の花嫁候補だ。完全にふたりを手に入れて、公に認めさせるには王子を失脚させる以外の手はない。破滅を避ける目的で、ローザやモニカの実家やそこに連なる有力貴族たちはすべて抱きこんである。

(……あとは王子をなんとかするだけか)

未だに絶頂の余韻のただなかで、ローザやモニカは陶酔しきった表情を晒していた。彼女らの淫艶な姿を眺めながら、神官は危ない橋を渡る覚悟を決めたのだった。

ついに王子の伴侶が誰か選ぶ――裁定の日がやってきた。神聖にして、不可侵な儀式に参加できるのは選ばれた花嫁候補と王子だけだ。

人払いを済ませた王子の周囲に護衛はなく、儀式の間にいるのは彼ひとりだけだ。神官は広間の扉を内側から施錠して封じた。

（……これでよし。儀式の間にいるのは、俺と王子、それからあのふたりだけだ）

失敗すれば破滅だ。神官は緊張しながらも、何気ない様子を装って、王子へ向き直った。

「神官さま。苦労をかけました。で、僕の花嫁はモニカとローザ、どちらに？」

「焦らずに。神の御前ですぞ」

「そうですね。申し訳ない。気がはやってしまって」

裏で陰謀が進行しているとは知らず、王子は屈託のない笑顔を見せた。無害で、いかにも人の良さそうな雰囲気はやはりゲームと変わらずだ。

（やっぱりゲームと一緒で無垢な少年みたいなキャラだ。その無邪気さゆえに派閥も作らず、協力者を遠ざけて、今の状況を招いたってわけだ）

すべての手はずが整ったことを確認し、神官はさっと合図の手をあげた。

「では、裁定の儀式を行います。ローザ、モニカ、ここへ！」

カーテンの陰に隠れていたふたりが、儀式の間の中央に姿を見せる。

彼女らの着ている姿はどうやら白レースのあでやかなウェディングドレスらしかったが、胸乳や股間が晒されていて、一瞬、そうとは思えないほど卑猥な衣装だ。

ピアスをつけられて常時、刺激状態にある乳首はいやらしくそそり立っていて、歩を進めるたびに下腹部の艶めかしい紋様が、ちらちらと覗いた。

すでに秘溝からは蜜が滲んでいて、頬はほんのり桜色に染まっていた。貴族娘たちが淫らな衣装を着て、性的な昂ぶりを覚えているのは明らかだ。

「なっ⁉　その下品な姿は……モニカ、ローザ、何をしているか、わかってるのか⁉」

王子は驚きでそれ以上、言葉を発せないでいた。救いを求めて神官に視線を向けてきた。

「裁定の儀式はもう済みました。ローザも、モニカも、あなたの花嫁ではない。これから行うのは俺とふたりの結婚式だ」

「……神官さま。な、何を……⁉」

状況が呑みこめない王子は神官と、そして破廉恥なドレスの貴族娘を交互に見る。おそらくは王子が初めて目にするだろう卑猥なドレス、そしてふたりの発情姿だ。

「神官さま――いえ、こちらのご主人さまのおっしゃるとおり。このローザ、今から幸せになりますのよ。ようこそ、わたくしたちの華燭の典においでくださいました。歓迎いたしますわ♥」

「くすす、この私、モニカもご主人さまと結婚いたします。王子さまは立会い人として、私たちの契りをしっかりと見届けてくださいね♪」

ふたりの令嬢から想像さえしなかったことを立て続けに言われて、王子は一瞬、その動きを止めた。

それから我に返ったのか神官に足早に近づくと、彼らしからぬ憤りとともに、激しく捲したててきた。

「ふたりは僕の花嫁候補だ!! 神官さまと結婚するなんて、おかしいだろッ!?」

「――まだ、理解できないのですか？ 王子の童貞チンポじゃ我慢できないんで、ふたりとも神の御前で、俺に乗り換えるって言ってるんだよ!!」

動揺した王子を追いこむように、神官が怒気をこめてふたりを寝取ったことを宣言した。

「……そんなことって」

彼が鉄槌で後頭部を打たれたようなショックを受けたのは明白だ。二、三歩、よろよろと後ずさる。

「だってローザもモニカも、僕を好きだって……」

王子は最後の救いを求めるように、そばのふたりを見た。一国の王子が街娼以上に卑猥なドレス姿のビッチ娘たちに縋ろうとする姿はあまりに無様だ。

「……そんなこともありましたわね。でも、今はわたくし、ご主人さまだけですのよ。相手をしてくださらない王子など、とっくに愛想を尽かしておりますわ。それに、ご主人さまのデカマラに、あなたの童貞粗チンなんて比べるまでもありませんわ♥」

剥きだしの乳房をぶるると揺さぶって、ローザは力強く言い放った。そのまま彼女は神官の脇まで進み、王子に見せつけるように裸乳塊と露出した股根を神官の身体に押しつけながら、ぎゅっと抱きついてきた。

「では、モニカは。僕と夜のバルコニーで星を見ながら愛を語りあっただろ⁉」

そう迫られてモニカは困ったように俯くものの、すぐに王子へ冷たい視線を浴びせた。

「そんなこと、もう忘れてしまいました。王子さまより、ご主人さまです。だってお尻まであんなに情熱的に愛してくださったんですもの。それにほら、これ――」

モニカは股を開いて、王子へ向けて恥部を大胆に迫りださせた。

「ご主人さまに刻んでいただいた、神聖な紋様です。これこそがご主人さまの肉便器であることの証しです。私はこのお方以外の、誰の所有物でもありません」

「……そ、そんな」

モニカの視線はひどく冷淡で、王子はそれ以上、何も言えなかった。

自分を競いあっていたはずの美女ふたりから同時に拒絶されて、王子はショックでその

場にへたりこんでしまう。

男としての自信も、矜持も、何もかも、粉々に打ち砕かれたのだろう。

王子という孤独な立場の彼はふたりの婚約者候補に気持ちの上で依存していたのかもしれない。その支えを外されたとしたら、その衝撃の大きさも少しは理解できた。

（……うまくいきそうだ。このまま寝取りセックスを存分に見せつけて、王子を廃人にしてやる）

顔面蒼白の王子を尻目に、貴族娘は神官に抱きついて普段のように淫らに甘えた。

神官は儀式のようの椅子に座ると、彼女らは争うように剥きだしの乳房を神官へ押しつけて、溢れる母乳を飲むようにせがんだ。

「ご主人さま、どうぞ。ローザのおっぱいを吸ってくださいませ♥」

「ああ、モニカもです。お願いします……♥」

左右から熟れきった乳球をぎゅむぎゅむと押しつけられて、そのぬくもりと甘い乳の匂いに噎せそうになりながら、神官は口元に差しだされたおっぱいを交互に吸った。

舌先で乳嘴（にゅうし）を舐めしゃぶり、少し吸いたてるだけで、付けられたピアスがふたりの乳芯を激しく刺激するらしく、感極まった喘ぎが耳元で響く。そうしてびゅるびゅると噴きあがったミルクが喉を潤した。

神官は鈴の音にも似た甘い声を楽しみながら、双乳から溢れるミルクを啜り飲みつづけた。ふたりは母乳を吸われて淫猥な叫びをあげながら、その手を神官の股間に這わせて、ローブの上から股間を刺激してくる。

絹のグローブで覆われた手の滑らかな刺激に剛直はたちまち反応して、顔を覗かせた。

そこへ競うようにシルクに包まれた指先が伸ばされて、そそり立った幹竿が艶めかしく扱きたてられた。つるつるの絹手袋で雁首のエラを擦られ、裏筋を幾度も刺激されて、夥（おびただ）しい量の愉悦が注がれる。

「く、くうッ。ふたりとも、いいぞ。ウェディングドレスの純白の手袋で扱かれるというのが、最高だな。んう、んうう」

竿胴は痛いほど張り詰めて、絹地のなめらかな肌触りの連続に、カウパーをびゅくびゅくと溢れさせた。それは手袋を湿らせて、その指先と亀頭の間に幾重もの糸を引いた。

「ご主人さまに悦んでいただけて光栄ですわ。あ、ああッ、む、胸、もっと吸ってぇ……いっぱい射乳させてッ♥　で、出るぅ、出ますわッ、おふぅううぅーッ♥♥♥」

ローザは秘竿を扱く指先の動きを加速させながら、バストから多量の蜜汁を噴きださせた。それは神官の顔を濡らして、その喉奥へ甘美な蜜を流しこんできた。

「んう、んうう。んぢゅ、ぢゅッ、ぢゅるるる……んく、んくんく、んくッ……はふぅ……ローザのミルクは甘さの中に、少し酸味があって、いくらでも飲めるな」

「ありがとうございます♥　恥ずかしいですけれど、うれしいですわ。さ、わたくしのお乳、もっとたくさんお飲みくださいませ。あふ、あふぅ……♥」

ローザはミルクを吸われながら、惚けきった顔を晒した。そうして母乳を噴きあげるたびに背すじを弓なりにそらせて、激しく身悶えした。ミルクを溢れさせる勢いのあまりに射精同様の歓喜を覚えているのだろう。

それはモニカも同じようで、続いて神官が彼女の双爆にしゃぶりついて、ちゅばちゅばと蜜乳を吸いたてると、その口許から切れぎれに喘ぎが零れた。

「で、出るぅ。おっぱいから、ミルクのお漏らし、しますぅッ♥　んふぉ、おふぉぉーッ♥びゅぐびゅぐっれぇ、おっぱいミルク、びゅぐらせますわーッ♥♥♥」

乳頭から噴出したモニカの濃密な生乳を神官は喉を鳴らして、嚥下(えんか)した。

「んく、んくく……モニカのおっぱいも、ローザとはまた違って、最高だ。この濃厚で、甘ったるくて口に残る感じが、幸せな気分にさせる。コクのある喉越しも、たまらない」

「……そ、そんな……あ、ああ……ご主人さまに褒めていただけて、モニカは満足です。もっとお飲みになってください。あ、あふぁぁーッ♥」

貴族娘たちはぶしゅぶしゅと胸先から乳汁を噴きあげながら、愉悦の頂へ昇っていく。その姿を遠めに見ていた王子もそれが異常な事態だとすぐにわかった。

「……ど、どうしたんだ、ふたりとも。お、おっぱいを溢れさせて……わかった、神官の、そやつの邪悪な呪いだな……離れろ、ふたりを解放しろ！」

声高に叫ぶものの、王子はへたりこんだままだ。

「何を言いますの？　これは呪いなんかではありませんのよ。母乳が出るのは、わたくしたちがご主人さまの子をお腹に宿しているからに他なりませんわ！」

「な、なな……子を……そんな……うそだ!?」

「ウソではありませんわ。毎日、たっぷりと種を頂いた末にできた大切な赤ちゃんですの。わたくしとご主人さまの愛の結実ですわよ」

ローザは得意げに流れるようなブロンドをかき上げると、蔑んだ目を王子へ向けた。

「お優しいですね、ローザさま。王子などに答えを返す時間がもったいないです。だって、もう私にとっては無価値の虫ケラ以下の存在ですから」

モニカはそう言い放つと、まるで道端の吐瀉物でも見るかのような視線を王子に注いだ。

「そんな……モニカも……」

「なれなれしく、お呼びにならないで。汚らわしい」

モニカに冷たい言葉を吐きかけられて、王子は動揺のあまり黙りこんでしまう。

ゲームをプレイしていれば、モニカに対して王子も最初から好意を抱いていたのは明らかだ。そんな女性から悪し様に罵られて、しかも彼女は別の男に孕まされている。

王子は生まれて初めて味わう、強烈な屈辱に打ちのめされていた。

そんな彼を前に、貴族令嬢たちは神官と艶めかしく乳繰りあいを続けて、その傷口に塩を塗りこみ続けた。

「ああ、ご主人さまのここ、もっと気持ち良くいたしますわ。んう、んうう」

ローザは神官に授乳しながら、同時に手コキを激しくする。シルクで包まれた手指が甘く怒張に絡んで、吐精を煽ってくる。

「私も、ご主人さまに、もっと気持ち良くなってほしいです」

モニカの手指も淫らな蠢きで雄根を刺激してきた。

ローザが指で小さな輪っかを作って、亀頭の張り出しを扱いている間に、その根元に手を這わせて、陰嚢を手の上で転がして、甘くくすぐってきた。

ふたりに令嬢のしなやかな細指が、まるで触手のごとくそり返った剛直に巻きつく。

そうしてシルクのつるりとしたフェティッシュな肌触りが隆起した幹竿の各所を妖しく

責めたてきた。エラの張り出しや裏筋が撫でられるたびに、快美が背すじを貫いて射精を促してくる。

注がれる夥しい量の摩擦悦に耽溺しながら、神官は貴族娘たちの溢れる母乳を交互に啜り飲みつづけた。

「んんッ、んぢぅ、んぢゅるるッ……ふたりとも、ミルクを吸われて、感じまくりながらも、俺への手コキ奉仕をやめないとは。メス奴隷の鏡だな」

「ひぁ、ひぁぁッ……♥ そ、そんらに吸われたらッ、おっぱいドピュらせて、イってしまいますわッ♥」

「んひ、んひぃッ♥ 私の胸も、す、吸っていただいて、ありがとうございます。んうッ、んおうッ……で、出るぅ、お乳のお漏らし、止まらないです……♥」

ローザとモニカは街娼でも見せないような卑猥な悶え姿を晒して、乳先からびゅぐびゅぐとミルクを噴きあげながら、喜悦の高みへ昇っていく。

「このまま一緒にイって、王子にしっかりと射乳アクメ姿を見せてやれッ！」

「あ、ああ、ご主人さまがおっしゃるなら、わ、わたくし、誰にでも、どこでも、いやらしくおっぱいお漏らし、見せますわッ♥ あひ、あひぁぁーッ♥♥」

「さ、王子、見てください。ご主人さまのお言いつけで、私のいやらしすぎる、ビッチな射乳姿、お見せしますねッ♥ くひぃ、くひぃぃぃーッ♥♥」

神官に乳根を搾られながら、ぢゅぱぢゅぱとバストを吸いたてられる。同時に唇でピアスを突かれ、舌先で転がされた。

ピアスのせいで肥大化して敏感になった乳頭を刺激されながら、胸乳を搾られつづけた結果——ローザとモニカはともに母乳を噴射させながら、至悦の極みへ昇りつめた。

「んい、んいいッ♥　い、イグ、イグぐぅーッ♥　わたくし、おっぱい、びゅるびゅるさせながら、アクメしますわーッ♥　んっふぁあああぁぁーッ♥♥♥」

「ローザさま、ずるいです……私だって、イグ、イグイグイグぅ♥　ご主人さまぁ、見てぇ♥　私のふしだらな、ミルクお漏らしアクメぇーッ♥　あっはぁあああぁぁーッ♥♥♥」

そうして溢れたミルクが顔面に浴びせられて、その勢いで窒息しそうなほどだ。

貴族娘たちの蜜乳の混ざりあった絶妙なブレンドに舌鼓を打ち、その洪水に溺れつつ、王子に見せつけながら、それらを嚥下した。

剥きだしのバストから淫乳を噴きあげながら、ふたりの手コキもますます激しくなる。

令嬢たちの絹グローブの指先が怒張へきつく巻きついて、触手のようにぐぢゅぐぢゅと蠢いて吐精を促してくる。

下腹部で滾(たぎ)ったマグマは竿胴の内を昇り降りして、噴火のときを待ちわびていた。

「んん、んんッ！　俺も出すぞッ。くうううぅーッ！」

カリ先やエラ、ふぐりを擦られて、その愉悦の凄まじさに神官は剛棒を暴発させた。

そうして射乳で果てたばかりのふたりへ向けて、多量の白濁汁をぶっかけしてやった。

「……あ、あふぁぁ……ご主人さまの精液で身体中、ドロドロですのぉ……もっとかけてぇ……か、かけてくださいませぇぇ……♥」

「あんッ……身体中、ご主人さまにまみれて、幸せです……♥ はぁ、はぁっ……それに王子――いえ、ゲスな外野に見られながらというのも、なんだかゾクゾクしますわね。私、露出にハマってしまいそう……」

ローザとモニカは全身を精に汚される甘美に酔いしれていた。

そうして吐きかけられた生臭い精液を、彼女たちは自らの手で肌に薄く延ばして、塗りつけていくのだった。

もはや王子は何か言葉を発することはなく、半ば放心状態のまま三人の猥雑な行為を見ているだけだった。

「さて、母乳もたっぷり飲ませてもらった。これから結婚の儀の仕上げだ。その肉便器ぶりを立会い人の王子にしっかり見てもらわないとな」

そう神官が告げると、ふたりは顔を赤くそめつつ、素直に立ちあがった。

「では、モニカさん。いきますわよ♥」

「ええ、ローザさま……♥」

ふたりは直立したままで顔を見あわせてお互いに頷くと、その片脚を大きくあげて、股座を大胆に開いてみせた。

いわゆるI字開脚に近い体勢で、露出した膣溝からは愛汁が零れだして、内腿を伝い落ちていった。むっちりと肉づきながらも、同時にすらりと伸びた美脚が並び、その艶めかしさにしばし見入ってしまう。

そうして一本足立ちで、大きく股を引き上げた危ういバランスから、ローザとモニカは互いの上体をもたれさせあって、安定を図っていた。大きく肥大化しきった膨乳が押しつけあわされて、滑らかな乳肌や勃起しきったピアス乳首がいやらしく絡む様子は、淫猥さを強く感じさせた。

太腿まで履かれたシルクのニーソックスが脚先を麗しく見せていて、そこから覗く生白い腿肌の瑞々しいむちぷり感が、生身の女体の存在感を妖しく示していた。

「いいぞ。素晴らしいおまんこだ。これをしっかりと王子の前で使ってやるからな」

「はい、お願いしますわ。あふ、あふぅぅ……♥　ご主人さまが欲しくて、あそこがヒクついてますのぉ……♥」

ローザは秘溝を自ら指でいじくって、くぱぁと開いて見せる。モニカも対抗して、膣割れに指を突きこんで、中に溜まったラブジュースを細指でぐぢゅぐぢゅ、ぐぢゅぶぶと、かき出して、その濡れぶりをアピールしてきた。

「私のおまんこのほうが、ローザさまのものよりもいやらしくて、気持ちいいと思います。

ご主人さまのデカマラでひといきに貫いて、王子に見せつけてやってくださぃ……♥」

モニカは乱れきった表情で唇をかすかに開きつつ、熱い吐息を漏らした。同時に手指をぐしょ濡れの蜜孔に突きこんで、その粘膜を刺激するように激しく混ぜこねた。

「ああ、わたくしも。モニカさんに負けていませんわ。伯爵家の血筋を受け継いだ、高貴なビッチまんこですわよ。それがご主人さまのチンポ挿入を待ちわびていますの……♥」

縦開脚された生白い股根と、その中心にある秘弁が競うように並ぶ姿はあまりに艶美で、神官はそのまま襲いかかりたくなってしまう。

（……まだだ。王子にもしっかりと見せつけてやらないとな）

ちらりと脇に視線を走らせると、王子の視線は貴族娘たちの秘所に釘付けになっていた。寝取られているにも関わらず、股間は情けなく膨らんでいた。

「肉の契りを結ぶ前に、おまんこをしっかりとほぐしてやらないとな」

神官は左右の手でそれぞれの差しだされた膣を愛撫してやる。指先が卑猥にはみだした花びらを擦りあげて、クリの包皮を幾度も刺激した。

神官の手に膣口をまさぐられて、ふたりは喘ぎをたてはじめた。

王子に見られていることを意識しているのか、普段よりも声は大きく、淫らだ。

儀式の間の隅々にまでふたりの艶めかしい嬌声が響きあい、その卑猥な共鳴に責めている神官も昂ぶりを覚えた。

「神聖な儀式の間で、おまんこを晒して、よがりまくるとは。貴族の娘とは思えないビッチぶりだな」

「だって……あ、あぁッ……ご主人さまにお仕えする肉便器ですからッ♥　身分も血筋も家柄も、なんにも関係ありませんのッ。わたくしの悦びは、ご主人さまに性的なご奉仕をして、い、いやらしく使っていただくことですわッ。あひ、あひぁッ♥」

「ふふ、よくわかっているな、ローザ。可愛いヤツだ」

「あ、ありがとうございます、んひ、くひぃぃ……く、クリぃ、そんらにされたら、い、イグ、イグぅぅ、わたくひぃ……い、イってしまいますわッ……んい、んいい……」

神官は褒美とばかりにローザのクリトリスを摘みあげて、その秘芯を直接、撫であげた。そのまま果てる寸前まで追い詰めてから、責めを緩めた。

「あふ、あふぁぁ……ひ、ひどいですわ……ご主人さまぁ、あと少しれひたのにぃ……」

ローザは拗ねたような目で神官を見るが、もはや呂律が回っていない。

「では、モニカだな。清楚で、セックスのせの字も知らない顔をしていたが、今はこの乱れぶりで、ローザよりも積極的だな。あれはカマトトぶってたのか？」

神官はモニカの膣を浅くかき混ぜながら、彼女を問い詰める。

「ち、違います。本当に私は、何も知らなくて……でも、あくッ、あくふぅッ……ご、ご主人さまに真のメスの悦びを教わり、目覚めました。何も知らない迷える子羊である、この私を導いてくださったご主人さまに感謝しか、あ、ありません……♥」

モニカは下腹部をぶるると震わせて、膣を弄ばれる愉悦に浸りきっていた。陶酔に満ちた表情で腰を揺すりたてて、膣へのさらなる愛撫をねだってくる。

「そら、今もだぞ。自分から欲しがって、この不安定な姿勢でもおまんこを迫りださせてきて、ケダモノ以下の欲しがりぶりだな」

神官はモニカの求めに応じて、膣を三本の指で奥までぐちゅ混ぜにしながら、同時に親指で秘芯を潰すように荒々しく責めた。

「んくぅ、んくふぅッ……♥ く、クリは、らめ、らめぇッ……らめぇえぇぇーッ♥ 私も、ローザさまと同じでクリ、弱いですッ♥」

「ふふ、モニカはローザの弱いところを知っているのか？ 俺がいないときはふたりで慰めあってるんだよな。本当に堕ちるところまで、堕ちたな」

「んい、んいひぃッ、申し訳ありません。私、いきすぎてしまうところがありまして。私から、お美しいローザさまを求めてしまって、あ、ああッ♥ 田舎貴族で世間知らずゆえに、許してくださいませッ。んあ、んあはぁーッ♥♥」

激しく手で膣を嬲られて、モニカは柔肌を粟立たせながら身悶えする。秘筒の奥からは蜜汁が滴って、股座の震えとともにあたりへ飛沫を散らした。

そんな彼女の様子を見たローザは、我慢できないとばかりに恥部を揺すって神官の気を惹こうと努める。

「あ、ああ……ご主人さま、モニカさんばかり愛されて。わたくしも、ここにおりますわ。先ほどの寸止めであそこが疼いて、どうにもなりませんの……あふ、あふぁぁ……」

ローザの言葉どおり彼女の淫裂からは愛液がどぷどぷと零れだして、それは内腿へだらしなく垂れ流された。

「もちろんローザも愛してやるぞッ！」

「あひ、あひぁッ♥　ありがとうございます。そう言っていただいて、わたくし、し、幸せですわッ♥」

膣口を再びまさぐられてローザは開ききった太腿を艶美に震わせる。

そのまま水気たっぷりの蜜孔を指先で混ぜ捏ねられつつ、その手でクリを摘まれたり、軽く引っ張られたりした。

「あっ、あっ、ああっ、クリトリスぅ、直接、コリコリされて……い、イグ、イグぅぅーッ♥　も、もうッ……♥」

その刺激の凄まじさに、彼女は下腹の柔肌を揺さぶって悶えつづける。

神官の手指責めに、ローザとモニカはともに激しく乱れて肉便器らしい痴態を晒した。

「ああ、あああッ、ご主人さま、モニカ、もう、ら、らめぇッ……い、イグぅぅ……♥」

「モニカさんもですの。わ、わたくしも、んはああッ、限界ですわッ♥」

　ふたりのビッチ娘はむちむちに張った太腿をぷるると大きく波打たせて、悦楽の高みへ昇っていく。

　抜けるように白く、ほの青く血筋の浮かぶ腿肌がむちぷり感をアピールしながら打ち震えるさまはあまりに扇情的で、神官の高揚は最高潮に達した。

「そら、イケっ。このまま王子の前で手まんでイくところを見せてやれッ！」

「は、はい。ご主人さまの仰せなら。ああッ、あはぁーッ♥　ローザ、イクううぅッ♥　いはぁあああぁぁーッ♥♥♥」

「ご主人さまにお許しいただいて……モニカ、アクメしますッ♥　んいッ、んいひぃッ♥　んっはぁああああぁぁぁーッ♥♥♥」

　細く滑らかな喉元を晒しながら、ローザとモニカは片足立ちで果てる。同時に秘所をぶるると戦慄（わなな）かせて、勢い良く透明な淫液をぶしゅぶしゅ、ぶしゅるるると、高らかに放水したのだった。

「……あはぁぁ……エッチなお汁……で、出てますわぁ…………♥」

「ご主人さまの手まんで、潮吹きぃぃ……は、恥ずかしいですけど、幸せです……それに、お、王子に見られながらイクとっ……ああっ、いっそう昂ぶりますぅ……♥」

　ローザもモニカも恥じらい以上に、潮を吹かせてもらったことの歓喜に酔いしれていた。目の前の王子に誇らしげに自慢するように、多量の蜜を吐きだすのだった。

立て続けに衝撃的な現実を見せつけられて、跳ねた潮の一部が王子の顔面を塗らす。それでも彼は瞬きひとつせずに、拳を固く握り締めたままで、その状況を凝視していた。

「いい潮吹きだったぞ。ローザ、モニカ。このまま肉の契りの義を行う。これでふたりは、神の御前で正式に俺の肉便器になるわけだ」

神官は彼女らの卑猥な潮吹きぶりに高揚して、逸物を硬くそり返らせた。張りつめた切っ先が天を雄々しく仰いだ。

「では、ローザからだ。んんんッ！」

「お、お願い――――んおおおおッ♥ そ、そんらぁ、いきなりすぎて、お、おふぉぉ……」

目を白黒させながらも、ローザの開発されきった膣洞は凶悪な怒張をやすやす受け入れた。膣ヒダは艶めかしく蠕動して、雁首にぴったりと絡んで、精を搾りにかかった。

「伯爵令嬢さまのおまんこが、こんなにもビッチに仕上がるとは。少し抜き挿しするだけで、別の生き物みたいに吸いついてきて、ザーメンを欲しがってやがる」

「あ、ああッ……それは、ご主人さまだからですわッ♥ わ、わたくし、誰のものでも欲しがる女ではありませんのよ。あなただから、ご主人さまのだからこそ、このおまんこも反応するのですわッ♥ あひ、あひぃッ♥」

ローザはメスの性欲をむき出しにして、艶腰を左右にくねらせた。淫猥な水音が響き、膣粘膜が秘竿を擦りたててきた。

同時に彼女は劣情のままに喉奥から激しい喘ぎをあげて、見てほしいと言わんばかりにその乱れきった姿を晒した。

「ん、んんッ。本当に気持ちいいぞ、ローザの中はッ……」

「ありがとう、ご、ございますぅ。何度御礼を申しあげても、感謝しきれませんわ。せ、せめてッ、この溢れる気持ちの少しだけでも、おまんこを締めて、いやらしさで表現いたしますわッ、んあ、んぁあッ♥」

下腹部をぐりりと押しつけて、膣の最奥まで剛棒を飲みこむ。ローザは膣壷をぐちゅぐちゅと蠢かせて、怒張に激しい奉仕を加えてきた。

彼女の淫らな健気さがうれしく、神官はローザをいっそう愛おしく思った。

「ビッチになってもローザは一生懸命だよな。いつもなら、たっぷりと楽しませてもらうところだが、今は王子に現実を見せつけるのが先だからな」

「わ、わかりましたわ。だ、出してくださいませ……い、今なら、すぐに、い、イケますわ。ナマで出されて、いやらしく果てる姿を、王子に見せつけてあげますわッ♥」

ローザが大きく身体を動かすと、腰まで伸びたブロンドが揺れて、その髪が素肌に美しくまとわりつく。ほどけた髪が顔にもかかって、彼女の妖艶さをいっそう引き立てた。

「いい心がけだ。そろそろだ。しっかり受け止めろよッ！」

「は、はい。これでわたくしは、一生っ、病めるときもっ、健やかなるときもっ、ご主人さまの肉便器ですわッ♥♥」

膣奥を雄槍で叩かれて、子宮まで揺さぶられながら、ローザは悦楽の極みへ昇っていく。

幾度も達した身体はすでに絶頂癖がついていて、すぐにでも果てられる状態だ。

「そらッ、神の御前でナマ出しだッ！ くううううぅぅーッ‼」

神官はローザの子宮口へぴったりと鈴口を押しつけて、その内奥へ灼熱汁を吐き出してやった。

「……あああ、あああああーッ♥ 熱くて、濃いの、中にぃぃ……に、妊娠してるのにッ、子宮でイグぅっ、イグぅうぅぅーッ♥ やはぁあああぁあぁーッ♥♥♥」

ローザは精液の濁流に飲まれるように、背すじを優美にそり返らせつつ、孕んだ子宮でアクメをキメたのだった。

「あ、ああ……ローザさま、あんなに激しくおイキになって。す、素敵すぎます……今度は私の番ですね。王子の前で、いっぱい犯してくださいませ……」

モニカはうっとりとした表情でローザの極めた姿を見つめながら、妖しい期待に四肢を打ち震わせた。

「モニカもしっかりよがらせてやるぞ。それにしても王子に見られながらのほうが興奮するとは、だいぶ変態に磨きがかかってきたな？」

「そ、そんな……ああ、ただ私とご主人さまのラブを王子に見せつけたいだけです。た、たっぷりオチンポく、くださいま――あ、あぉおおぉおぉッ！　ぶ、ぶっといチンポっ、一気に奥まれぇぇ、潜ってきてますぅーッ……おふぉぉッ、んふぉおおぉぉ……♥」

　モニカの膣もローザと同じくしっかりと開発されきっていて、神官の剛棒を奥までずっぽりと飲みこむ。そうして子宮の入り口を自ら押しつけてきた。

「あふぁ、あふぁぅぅ……ご主人さまぁ、もっとオチンポ、中にッ、子宮に押しつけてくださいぃぃ……」

　モニカが下腹部を揺らすたびに、膣底の秘環がちゅぶちゅぶと絡んで、ペニスへ淫らなキスを繰り返した。

「ああ、いいぞ。本当にエロく仕上がったな。子宮でキスをせがむ女に堕ちるとはな」

　精を吸いあげるような子宮ちゅぱキスに神官は腰を大きく揺さぶって、ピストンを加速させていく。

　奥へ幹竿を押しこむたびに、モニカの美貌が美しく、そしてだらしなく蕩けて、それが神官をさらに昂ぶらせた。

「し、子宮の口と、ご主人さまのオチンポの口で、エッチなちゅぱキスぅ、あ、ああ、最高です。くふッ、くふぅッ♥」

　モニカは不安定な姿勢のままで身体をくねらせて、秘壺ごと神官に寄りかかりつつ、ペニスの悦楽を貪る。

交合部からはラブジュースが滴り、彼女の乱れぶりが傍目にも良くわかった。

「私がご主人さまに孕ませていただいたって、信じられないみたいですからッ、いやらしい性器同士のディープキスぅ、見せつけて、教えてあげますッ♥　んう、んうふぅッ♥」

淫猥なモニカの腰遣いに引きずられるように、神官は激しく蜜壺をかき混ぜてやる。

「ああ、モニカ、出すぞ。孕み腹にたっぷり出してやるッ！　うおおおぉぉーッ!!」

神官は子宮口を割り開くように切っ先を押しこみ、そこで多量の白濁を噴射する。

濃厚な精液はどぷどぷ、どぷるるる、と子宮へ力強く流しこまれて、妊娠した腹をさらに膨らませた。

「……あえ……あふぇぇ……ご主人さまのピチピチせーし、中でいっぱい暴れてぇ……♥　孕んでるのに、また子供できちゃうぅぅ……あふぁ、あふぁぁ、またびゅぐびゅぐっれぇ、せーし出されてぇッ……」

モニカは膣内に灼熱を感じながら、王子とあえて視線を合わせて、その興奮した視線を全身で意識しながら、絶頂へと昇っていく。

「王子に見られながらぁ、いっぱいチンポ汁種付け、か、感じすぎますぅーッ♥♥、イグ、イグイグイグぅぅ、私、イグぅぅーッ♥♥　んっあぁあぁあぁーッ♥♥♥」

モニカは細顎を前へ突きだしながら内腿を妖美に震わせつつ、子宮中出しで至悦の高みに達したのだった。

「これでモニカにも中出し完了だ。ふたりとも神が認めた、神聖な肉便器というわけだな」

神官がそう言い放つと、ローザもモニカも満足げに微笑んで見せた。

「あふぁぁ……これで、ずっと、肉便器使いしていただけるのですわね。わたくし、ご主人さまのために、身も心もご奉仕することを誓いますわッ♥」

「これからも、ご主人さまのため、いっそう淫らにお尽くしします。ビッチな私たちをよろしくお願いします。あ、あぁッ」

神官がモニカから怒張を抜くと、ぽっかりと開いた膣口から精汁がぼとぼとと滴った。ローザの蜜孔も奥まではっきりと様子がわかるほど拡張されきっていて、内奥から白濁汁がドロリと零れた。

使いこまれた肉孔をいやらしく晒して、アへ蕩けきった顔を晒すふたりの貴族娘。その恥丘の上に刻まれた淫紋が妖しく明滅した。神官と契りを結んだ肉便器たちが、さらなる精と挿入を欲していることは明らかだ。

モニカはさらに王子を追いこむように、彼へゆっくりと近づいていく。

「ほらぁ、王子……誓いの儀式を済ませてモニカはもう完全にご主人さまの肉便器ですぅ♥これでも、前みたく私に陳腐に愛を囁(ささや)けますか、くすすっ♪」

「そんな、モニカまで……う、うう……」

ゲームでは仲睦まじいモニカに裏切られて、王子のショックはいかばかりだろうか。

モニカは王子に近づくと、太腿を高貴な生まれとは信じられないほど大きく開脚して、出された精粘汁の量を王子にアピールして見せた。

どろりと零れた愛汁を指先で掬うと、妖艶な表情を彼に見せつけながら、じゅるるとそれを啜り飲んだ。

「ぷはぁっ……ほらぁ、こんなにたっぷりと。今も汚されたおまんこを通じて、ご主人さまの熱が伝わってきて、ああ、素晴らしいです……王子にはわからない喜びですね……」

王子にセックス跡を見せつけながら、モニカはその眼前で膣をぐじゅぐじゅといじりはじめた。愛液と白濁が混ざって、それが潤滑油になって、モニカの自慰が加速していく。

「あ、ああ、あああッ……け、けれどっ、王子に見られながらご主人さまにオチンポをいただきますと、普段の何倍も、こ、興奮しますからっ……寝室の脇で大人しく正座してるなら、オナりにきてくださってもいいですよ。それぐらいなら、ご主人さまも許してくださるでしょうし――」

そうして座りこんだ眼前で、モニカはセックス直後の露出オナニーを始めた。

「んあっ、んああっ……王子のゲスな目で見られながらの、オナニー、いい、いいです、気持ちいいいぃいーッ♥♥ 見られながら、あそこをいじるのっ、最高ですッ♥♥」

「も、モニカ……な、なんてことだ……僕を捨てないで……くれ……」

王子がすがるようにモニカへ近づいてきたが、彼女は冷たい視線を向けながら、そのまま王子を足蹴にした。

「見るだけです。絶対に王子にはさせませんから。私のおまんこに指一本、触れないでください。んひ、んひぁッ♥　んひぃいいぃぃ……んっひぃぃいいいぃいぃーッ♥♥♥」

そうして多量の潮吹きシャワーを王子の顔面に降らせたのだった。

「……あぶぅ、んぶぶぅ………」

最愛のモニカの生温いシャワーを浴びながら、王子は残酷な現実を受け止めざるを得なかった。

自分の伴侶になるはずの乙女が、ふたり同時に寝取られて、身も心も神官の所有物になった——そんな認めたくない現実を。

「……あ、ああ……あああ……！」

非情な現実の重みに心を潰されながら、王子は断末魔の悲鳴をあげた。

握り締められた拳は絶望のあまり、ぶるると小刻みに震えていたが、やがて力なくだらりと開いた。

そうして彼の瞳からは、永遠に生気が失われたのだった。

◇

　王子はヒロインを失ったショックから、そのまま辺境の城に引きこもってしまう。乙女ゲームの王子として、ヒロインたちに尽くすことが生きがいだった彼にとって、あまりに残酷な結末だったのだろう。

　唯一の跡継ぎであり、溺愛していた息子の豹変ぶりに、高齢の王も寝込んでしまう。国の政治は混乱を極め、誰もが新王を欲していた。だが、王子に子はなく王の血筋に連なるものは誰もいない状況だ。

　そのため最有力候補として、若く、高位の聖職者である神官が、多くの有力貴族たちにより推挙された。

　その裏ではバックについた貴族たちが彼を支持する活動を秘密裏に繰り広げていた。その急先鋒はローザの伯爵家、そしてモニカたち地方貴族の連合だ。

「……これだけローザやモニカに頼ったら、お前たちの実家に頭が上がらなくなるな」

　神官は状況の進捗について、自室でふたりの親密な貴族令嬢から報告を受けていた。彼女らの話では即位は間近だという。

「古来から王位が外戚の専横で、傀儡（かいらい）と化すのはよくあることですわね……」

　ローザはそう呟くと、満面の笑みを浮かべて、神官を見た。

「でも、そこはご安心くださいませ。わたくしは王妃でも、伯爵令嬢でもなく、ご主人さまの肉便器ですわ。そのための手をちゃんと考えておりますのよ。ね、モニカさん」

「はい、ご主人さま。ご安心ください。私とローザさまでご主人さまに最高の国王になっていただくためにどうするべきか、だいぶ話しあいました」

モニカもローザから一歩下がった様子で、控えめな微笑を浮かべた。

楚々とした雰囲気のモニカが、ペニスの挿入ひとつでケダモノのように乱れるとは、未だに信じがたい。ただ昨日の夜も、彼女はローザ以上のメス犬ぶりを発揮して、神官を満足させてくれた。

「ローザ、モニカ。ふたりに任せておけば、安心だ。助かるぞ」

神官がそう言うと、ふたりは彼のそばにぐっと近づいてきた。むせ返るような香水の匂いがたまらなくエロティックで、股間はたちまち反応した。

「ご主人さまのため、お腹の子供たちのため、わたくしたち、精いっぱい頑張りますわ♥」

「ですから、今宵も……はぁ、はぁはぁ、私たちをいやらしく躾けてくださいませ♥」

ローザもモニカもふしだらな美獣の顔を覗かせつつ、頬を桃色に染める。淫紋の効果と度重なるセックスのために、彼女らの身体はサキュバス以上に妖美で、無意識のうちに男を誘う存在になっていた。

神官は隠し切れないほどの淫気を溢れさせた彼女たちを強く抱き寄せながら、即位の日を心待ちにするのだった。

第六章　堕ちたボテ腹ヒロインたちとの淫らな蜜月
～ローザ・授乳セックス＆モニカ・見せつけ露出P～

「んふ♥　お腹の中でご主人さまの赤ちゃんが動いてますわ。ほら、わたくしのボテ腹、触ってみてくださいませ♥」

王宮の中枢にある玉座の間。そこにいるのは、ローザと神官だけだ。臨月を迎えつつあるその腹はすっかり大きくなっていた。

ローザは肥大化した爆乳と妖しく膨らんだ腹を露わにしたドレスで、神官に迫った。華麗な赤絨毯の敷かれた、この厳粛な場にこれほど似つかわしくない格好はないだろう。

（……でも、わたくし……もう、我慢できませんの……）

刻まれた淫紋が下腹部で妖しく明滅すると、蜜壷は彼の逸物に貫かれたときの甘美な味わいを思いだして、艶めかしく蠕動(ぜんどう)した。

熱く濡れた双眸を神官へ向けると、彼はあご先へ手指を伸ばして上を向かせてくれた。そのまま指先が何度もローザのブロンドを心地良く梳いてくれる。

「ご主人さま……♥」

ローザは瞳にハートをくっきりと浮かべて、発情ぶりを隠そうともせずに孕み腹と露出したバストを押しつけてしまう。

ピアス付き乳首が神官の身体に当たるたびに、快美の電流がはち切れんばかりに盛りあがった胸乳の内に広がった。

「今日は戴冠式の打ちあわせじゃなかったのか？」

「あふ、はふぅ……もちろん、打ちあわせも大事ですけど……せっかくご主人さまとふたりきりですもの。いやらしく可愛がってもらいながら、手はずを説明いたしますわ♥」

双乳の先端は硬く尖って、いやらしく左右を向く。ローザは熱い吐息を零しつつ、発情のあまり頬を上気させた。

身体の火照りがローザをますます大胆に変えていく。

紡錘形に突き出した豊乳をむにゅむにゅと神官の腕に絡めつつ、隆起した乳先を貫いて脳内で弾ける甘美な愉悦を、息を弾ませながら貪ってしまう。

「いいのか、ローザ。誰かに見られるぞ」

「大丈夫ですわ。そのつもりで、人払いは済ませてありますの♥　数日後には、ここで戴冠式をして、ご主人さまは晴れて国王ですわ」

「そうか。なら、俺が何か言うことはないな」

神官は苦笑しながら、ローザの背へ手を這わせ、むっちり張った艶尻を撫でまわした。

尻たぶが乱暴にわしづかみにされて揉み捏ねられるたびに、欲情が煽りたてられて、秘

唇がじゅんと熱く濡れる。

双臀の狭隘の敏感な箇所が指先で幾度も擦られて、その甘やかな刺激に切なげな喘ぎが溢れた。

「……んふ、んふぅぅ……ご主人さま……もう、もうッ……わたくし……♥」

ローザはおねだりするようにボテ腹を彼へ押しつけて、そのままぎゅっと抱きついた。

「すごい欲しがりっぷりだな。こっちへ来い。俺もたっぷり楽しませてもらうぞ」

「あん♥　ありがとうございます。このローザをしっかりとお使いくださいませぇ♥」

神官に抱きつくと、ローザは彼のローブをたちまち脱がしてしまう。

（わたくしの淫らで、はしたないお願いをいつも聞いてくださる。あなたのためならば、身体を張って、頑張りますわ♥）

神官はローザの手を引いて、玉座の前へ行くと。そこに当然のように座った。

彼の怒張は雄々しく聳(そび)え立って、カウパーを滲ませてローザを誘ってくる。

「あぁッ、ご主人さま、好き♥　大好きですわ♥」

悪役令嬢は卑猥極まりないドレスのままで、ケダモノのような発情ぶりを隠そうともせず、玉座に収まった彼の上へはしたなく跨った。

緩みきった秘裂からおねだり汁が滴って、神官の股やペニスを濡らす。

「その欲しがりぶり、最高だな。こっちもやる気になってくるぞ」

「だって、ご主人さまのものを入れていただけるかと思うと、どうしても濡れてしまって、いやらしいおツユが止まりませんの……あふ、あふぅ……んふぅぅ……」

「じゃあ、そのまま腰を下げろ。自分から咥えこむんだ」

「は、はい、では……い、いただきますわッ……あ、あああ……んあああッ……ぶ、ぶっといですのぉ、ぉおぉぉぉーッ♥　ぁはぁぁぁぁっ♥♥♥」

いきり立った神官の剛直を、ローザはメス孔で卑猥に呑みこんでいく。そうしてたちまち根元までぐっぽりと膣内に収めきってしまうのだった。

「……あふぅ、ぁふはぁぁ……全部、呑みこんでしまいましたわ♥　わたくしのおまんこのすべてがご主人さまで満たされて、し、幸せですの……♥」

ローザは神官に跨ったまま、うっとりとなった。そうして交合部を小刻みに揺さぶって、膣ヒダを蠢かせて幹竿に奉仕した。

蜜壺の生々しい収縮にあわせてペニスがビクビクと震えて、ローザの内側へ伝わってくる。その反応がうれしくて、ローザは軽く下腹部を上下させて、水気たっぷりの膣粘膜を竿胴にじゅぷじゅぷと擦りつけた。

「あ、ああッ……中でまだ大きくなって、す、凄いですわ。わたくしのおまんこのヒダヒダの隅々まで拡げられて……ご主人さまに悦ばせていただいてますの……ああッ……」

「打ちあわせの話はどうなった？　大事な話しだからな」

「は、はひ……オチンポ入れられながらでも、わたくし、で、できますわ。戴冠式のとき、み、皆が集まりますからッ、あ、ああッ、そのときにッ♥」

ローザは神官の屹立に膣奥を小突かれて、話を中断させられてしまう。頭は真っ白になって、乳嘴からは蜜乳がとめどなく溢れた。

神官はローザの剥きだしのバストをれろれろと淫靡に舐めまわして、唾液でその優美な張り出しをコーティングしていく。

「んれろ、れろろ、れるれろッ……おっぱいからもミルクが溢れて、吸ってほしそうだな。どうなんだ？」

「そ、そんな……お乳を吸われたら、わたくし――んい、んいいッ♥」

ためらうローザの胸先に彼は唇を押しつけると、膨らみきった突起を強く吸いたててきた。同時にピアスも突かれて、その刺激に母乳が激しく分泌された。

「んぢゅ、ぢゅばぢゅばッ、んじゅぶばッ……あふぅ……啜るほどに、どんどん溢れてきて、たまらないぞ……！　んぢるッ、ぢゅるるるぅぅ……」

「はふぅ、くふぅッ……お、お話どころではッ、あ、ありませんの。あ、あぁーッ♥」

ローザは激しく喘ぎながら、ぱんぱんに張った膨乳を神官の顔面に押しつけた。

「じゃあ、全部、出してからにしないとな。いいぞ、もっと出せッ！　んぢうぅ、じゅるじゅる、んぢゅるるるぅぅ……！」

「あひ、あひぃぃ……ご主人さまに、お、おっぱい吸われて……き、気持ちいいですわ……あああッ♥　んあぁはぁぁぁーッ♥♥」

乳腺に溜まった生乳がびゅぐびゅぐと一気に噴きあがる。彼は甘美な乳海に溺れながらも、溢れだすそれを嚥下しつづけた。

ローザの膣内を満たした剛棒も大きく律動して、彼の満足を伝えてきた。それがローザをますます淫らに昂ぶらせた。

「も、もっと……ちゅぱちゅぱ、いやらしく吸ってくださいませ……あふぁぁ……♥」

「んんッ、甘くて、濃くて、最高の味だぞ。赤子にやるのは惜しいぐらいだ」

乳頭をピアスごと吸われるたびに、卑猥な乳突起が強く引き伸ばされて、その鋭い刺激で目の前に火花が散った。

興奮のままに乳塊を神官の顔面に押しつけて、彼が胸乳を吸いたてるのに身を任せた。

「あ、あッ、あんッ♥　ご主人さまのために、また、わたくし、は、孕みますわ。ですから、いつでもおっぱいを飲んでくださいッ……んい、んいいッ……ぢゅるぢゅるつれぇ、おっぱい飲まれるの、いい、いいですわッ……」

ローザはミルクで張ったバストを揺さぶって、授乳の悦びに耽溺した。

（ご主人さまにお乳をあげていると、まるでママになった気分ですわ。エッチのいやらしい気持ちと、ママの優しい気持ち……ああ、わたくし、どうしたらいいんですの……）

母性を激しく煽られて、ローザは自らも根元から爆乳を搾って、濃厚なミルクを彼の口腔へ流しこみつづけた。

「ああ、あああァッ……おっぱい吸われすぎてぇ……頭、真っ白ですわ……」

射乳の歓喜に妖しく身悶えしながら、ローザはボテ腹を大きく上下させて神官の怒張を愛しつづけた。喜悦の波が下腹部と乳先から溢れて、彼女を忘我の境地へ追いやっていく。

「ご主人さまが望むなら、あふぁ、あはぁぁ……いつでもママになりますの。おっぱいもお好きなときにたっぷりと飲んでくださいませぇ……」

神官は乱れるローザの双乳をわざとらしく卑猥な音を立てて啜り飲みつつ、腰を揺さぶって膣の感じやすい箇所を擦りたてていく。

そり返った穂先に膣の腹側をごりごりと刺激されて、その摩擦悦でローザは法悦の頂きへ真っ直ぐに飛翔していく。

「あ、あああァッ……そんなぁッ……おまんこの、い、一番気持ちいい場所ぉッ、いっぱい擦られれぇぇッ、い、イクぅっ、イクイクイク、イクぅぅーッ♥ わたくしぃぃ……イグぅッ、イっれ、し、しまいますわぁぁッ♥ んっはぁあああぁぁあぁーッ♥♥♥」

ローザはぶるぶると裸身を震わせて、高く張った乳塊を神官の顔へにゅむにゅむと押しつけながら、ひときわ大きな嬌声を発しつつ、喜悦の頂きに達する。

同時に彼女のメス孔はきゅうっと窄まって、神官の精液を引き抜きにかかった。

「く、くううっ、イったローザの締めつけは最高だな。そら、出すぞ。しっかりと受け止めろッ！」

「は、はい、かしこまりました。ご主人さまぁッ♥　あひぃ、あひぁぁあぁあぁーッ♥」

びゅぐびゅぐと熱い粘液が膣奥へ叩きこまれて、刺激の強烈さに背すじを弓なりに反らせてしまう。中出しされた精液のねばりと熱に蕩けさせられながらも、ローザは肉便器としての本分を忘れずに下腹部を前後左右に揺すって、神官のさらなる射精を促しつづけた。

鍛えられた蜜壺の内ヒダはねっとりと幹竿に絡んで、雁首のエラをぐちゅぐちゅと扱きたてる。それに反応して神官のペニスはさらなる子種をご褒美として吐きだしつづけた。

「ああ、あああっ……ご主人さまの射精、うれしいですわ。もっとラクにして、自然体で出してくださいませ。わたくし、すべて受け止めますわッ、あふぁ……ぁはぁぁ……♥」

延々とナマ出しされて膣内を精まみれにされながらも、ローザはボテ腹を震わせて咥えこんだ雄槍を引き締めた膣壁で扱きたてていく。そうして胸乳からはミルクをびゅるびゅると噴きださせて、それを神官の口許にあてがい、慈母のように授乳する。

神官の緩やかな射精はいつまでも続き、彼女の性感を尋常でないほど高めていった。

乳を吸われながら精を出されつづけて、ローザの肢体はじわじわと快美の波に侵食されていく。そうしてローザは発情しきった身体をもえあますように、妖しく裸身をくねらせはじめた。

「……はふ、はふぅぅ……あぇ、あぇぁぁ……な、なんですのッ、気持ちいいのが拡がって……あひぁぁ……ご主人さまのザーメン、受け止めすぎてぇ♥　もう、わたくし、限界ですのぉぉ、ああッ、あっあぁぁぁぁーッ♥♥」

彼女は孕み腹をビクビクと痙攣(けいれん)させながら、悦楽の極みへ駆けあがっていく。

「あはぁ、はぁはぁッ……んい、んいいッ、イグ、イグぅッ♥ ご、ごめんなさい、わたくし、またイグぅッ、イキますわーッ♥♥ 少し中を小突かれただけですのに、おかしいですわ♥ あひ、あひぃッ♥ んひ、んひぐぐぅッ♥ んっひぃぃいぃいいぃーッ♥♥♥」

ローザは自分でも想像できないほどの愉悦に包まれながら、盛大に絶頂した。そうして身重でかすかに戦慄(わなな)きを見せる下腹部とは裏腹に、上体を激しくぶるつかせて、乳先からびゅぐびゅぐ、びゅぐぐぐっ、と勢いよく母乳を噴出させた。

「あひ、あひぃぃ……お、お乳出るぅぅ、おっぱいの先からぁッ、濃厚なミルクぅぅ、びゅぐらせてしまいますぅ……くひ、くひぃぁあぁぁ……ッ……！」

巨乳を小刻みに波打たせつつ濃厚なコンデンスミルクが、ぶびゅぶびゅぶびゅるるる、と下品な射乳音とともに、周囲に撒き散らされた。

「くく、良く出るな。そら、もっと出せっ！ んぅぅうッ！」

神官もミルクまみれになりながら腰を突きあげて、切っ先で孕んだ子宮を揺さぶりつつ、膨乳を根元から搾って、さらなる蜜汁の放水を促してきた。

「胸がいっぱい刺激されて、ああ、あはぁぁーッ、射乳のびゅるびゅるぅぅッ、止まりませんのッ、んおッ、んおっほぉおおぉぉーッ♥♥♥ 粘ったおっぱい、溢れるのぉッ♥ 〝いいッ、い゛い゛のぉーッ♥　よ゛すぎてぇーっ、お、おかひくなりますわッ♥♥♥」
高らかな嬌声とともにローザは大ぶりのバストを打ち震わせて、乳粘液を吐きだしつづけた。神官は口を大きく開いて、乳暈ごと覆い隠すようにむしゃぶりついて、濃厚な蜜を喉を鳴らして嚥下し、そのまろやかで甘露な味わいを堪能した。

「すごい量だな。んうッ、んぶぅ、んくんく、んくくッ……次から次に湧きだしてきて、飲みきれないぞ」

「だ、だっれぇ、ご主人さまが胸を搾って、す、吸われますからッ、おっぱい、出るッ♥　出ますわーッ♥　エッチなミルクの噴火ッ、びゅっびゅぐっれぇぇ、溢れつづけてぇぇぇぇッ♥　おふぉおッ♥　おふぉおおおぉぉぉーッ♥♥♥」

煮詰めたようなドロドロの乳汁を、ローザは膨らませた胸先の突起からびゅぐらせつづけた。同時に膣奥を混ぜ捏ねられて、膣内の鋭敏な箇所でもイキつづけた。膣と乳房の重ねイキにさすがのローザも、はひはひと呼吸を乱して、ぐったりとしていた。

「はひ、はひぃぃ……もう許してぇぇ……少しだけでも、き、休憩させてくださいませぇ♥　ご主人さまぁ、母乳、出しすぎて……わたくひ、おかひくなってしまいますわッ、あ、あぁッ、あっあああぁーッ♥♥」

責めと絶頂の連続の激しさに、ほんのわずかな猶予を請いつつも、さらにローザは果てさせられて、ぶるると四肢を引き攣らせながら身悶えした。

「じゃあ、おかしくしてやるよ。ローザの連続イキ姿を鑑賞するのも久しぶりだからな」

「い、今がお忙しいだけで……無事、王位に就かれた際には、いつでもご賞味いただけますわ。ですからぁッ、お休みをッ♥　ひとときのお休みをくださいませぇッ♥　あひぃ、んひぃッ、くひぁぁッ、んひぃああぁッ♥」

「淫らな喘ぎを聞くと、もっとよがらせたくなる性分でな！　んぢぅ、ぢぅぅぅッ、んぢゅるるるぅううううぅぅぅーッ‼」

神官は蜜乳を湧き出させつつ、艶美にそり返った乳嘴を強くバキュームして、そのピアスを弄んできた。

「んひぃいいぃーッ‼　い、言ってるそばからぁッ！　ぴ、ピアスぅぅ、転がさないでぇぇッ！　んお、んおぁぁ、んっあぁーッ♥♥　乳首ピアスぅ、き、気持ぢいいッ♥　ぎもぢよずぎでぇえぇぇーッ♥♥　イグ、イグぅう、イギながらぁッ、濃いいおっぱいミルグぅぅぅーッ♥　びゅぐらせてしまいますのーッ、んほぉおおぉーッ♥♥♥」

ローザは両のバストから激しく噴乳しながら、孕み腹でアクメし続ける。

同時に膣奥へ夥しい量の種付汁がどぷどぷと流しこまれて、その灼熱に身体の内側から蕩けさせられた。

「あんまりおっぱい出してると、なくなっちまいそうだからな。俺のチンポミルクをたっぷりくれてやるよッ！　んうぅぅーッ！」

「……あ、ああ……あええ……中もいっぱい出されて、イグぅ、またぁ、イギますわぁーッ♥ イギながらぁぁーッ！ 射乳ぅッ♥ クセになってますわッ♥ おっぱいの先っぽがぱっくり開ききってぇ、おひ、おひぃ♥ んおひぃぃッ♥ マザーミルクぅぅッ♥ 噴きまくりですわぁあああぁあぁぁーッ♥♥♥」

「ああ、出せよ。全部、飲んでやるから、もっと出せぇぇッ、くうううぅぅーッ!!」

神官はローザの膣や子宮へ孕み汁を注いで、その溢れる粘液で下腹部を洗いながら、砲弾型に迫りだした乳果の根元をぎゅむぎゅむと搾った。荒々しい手つきで乳腺が刺激されて、新たな蜜乳が豊かな巨峰の内で生成されていく。

「あひ、くひぃぃ♥ そんに揉まれながらぁ、中に出させつづけたらぁ……お、おお……おふぉぉ、出る♥ 新しいおっぱいミルクぅ♥ ドンドン湧きだしれぇッ♥ は、伯爵家の令嬢であるわたくしが、こんなぁッ、間欠泉みたいにぃい、いやらしい射乳ッ♥ 止まりませんのぉーッ♥ おほッ、おほぉッ、おほぉおぉおーッ♥♥♥」

ローザはメスの性欲のままに叫びつづけて、双爆をビクンビクンと躍動させながら、濃厚な練乳を胸先の突起から活火山のように噴火させつづけた。

「すげえな、臨月だからか？ おっぱいが止まらなねえなぁッ！」

「し、知りませんわッ、あお、あおぉッ♥ あおぉおぉーッ♥ そんらに搾られたらぁ、わたくしのデカパイがなくなっれしまいますわッ♥ んお、んおおッ♥ お乳ぃい、ぶりゅ

ぶりゅ、ぶりぶりぶりゅりゅりゅりゅぅぅ、っれぇ、噴きあげれぇッ♥ 何もかもッ、で、出りゅぅぅうぅーッ♥ おひぃ♥ おひぃんッ♥ おひぉおおおぉおぉーッ♥♥♥」

びゅぐんっ、びゅぐんっ、と膨乳を爆ぜさせながら、ローザは自身でも信じられないほどの母乳の柱を噴きあげながら、さらなる愉悦の果てへ飛翔しつづけた。

（……あ、ああッ、赤ちゃんのミルクなのに……ご主人さまにすべて捧げてしまって……でも、気持ち良すぎてぇ、おっぱい射乳ぅぅ……自分でも止められませんのッ……♥）

朦朧（もうろう）としながらも、ローザは艶やかな上裸身を妖美にくねらせつつ、ギトギトの特濃ミルクを凄まじい勢いで高らかに放水した。

（わたくし、ご主人さまのものになれて、可愛がっていただいて、幸せですわ。こんなことなら、もっと早くから、この身をご主人さまにお委ねすれば良かったですの……）

そうしてローザはこれ以上ないほどの多幸感を覚えながら、噴きあげた濃汁で淫らなアーチを描きつつ、意識を失うのだった。

神官とふたりきりの甘いひとときを過ごした、とローザから聞いたモニカも負けじと彼を宮殿の広間に招待した。

今まで自分を抑圧して、いい子であろうとしてきたモニカはその反動で自らの欲望に忠実になっていた。

王子に見られながら神官に犯されたことで露出性癖に開眼したこともあって、そのビッチぶりはもはやローザ以上だ。

「ああ、ご主人さま……ようこそ、おいでくださいました♪」

モニカは孕み腹を大きく晒した破廉恥なドレス姿で、神官を出迎えた。モニカもローザ同様に彼の子をしっかりと妊娠済みだ。

はち切れんばかりに突きだした双乳を大胆に露出させたビッチな姿で、膨らんだ腹やその下部に刻まれた淫らな証までがはっきりと見えた。

周囲には美しく、高貴そうな娘たちがずらりと並び、生まれたまま姿を晒していた。

彼女たちは育ちの良い、楚々とした雰囲気の貴族の箱入り娘たちで、もちろん全員ヴァージンだ。神官が即位した際のハーレムメンバーとして、モニカが中心となって選抜した娘たちで、裸になっても下品さを微塵も感じさせない。

(けれど、これほどたくさん同時に裸になりますと、なんだか、とてもいやらしい雰囲気です。ご主人さまのお気に召すと良いのですけれど……)

モニカの目論見どおり、裸の全裸少女が居並ぶ姿はひどく卑猥な感じがして、そのことに神官は満足してくれたみたいだ。

「これは面白い趣向だな。モニカだけでなく、他にも女がいるのか」

「はい、皆様の前で私を犯していただきたくて、集まってもらいました♥　さ、見ていてください。今から、ご主人さまに犯していただきます……♥」

大胆な宣言を聞いて、貴族の娘たちはかすかにざわめいた。

ただ、モニカがすでに皆へ話をしていたこともあって、すぐに彼女たちは平静を取り戻して、少し緊張した様子でモニカの様子を見守った。

「ここに集まってもらった者は私が懇意にしております貴族の娘たちで、ご主人さまがコトを成就された暁には、彼女たちはご主人さまのハーレムの一員に推薦いたします」

モニカが集めた女たちは恥じらいつつも、若く瑞々しい裸身を惜しげもなく神官に晒した。秘所を手で覆っているものはひとりもなく、股間の淡い芝生の煙りや濡れた朱唇まではっきりとわかった。

「で、では、皆様。ご主人さまに可愛がっていただくために、どうすれば良いか——この私がお手本を示します。さ、見ていてください」

モニカは露出ドレスのスカートを捲りあげて、多くの貴族令嬢、そして神官の見ている前で秘部を大胆にさらけ出すと、そのままむっちりと張ったヒップを彼へ突き出す。

そうして股を恥知らずなまでに開脚して、開いた股の間から美貌を覗かせた。

「これがっ、ご、ご主人さまのオチンポにぃ、本気になっていただくためのっ、おねだりのポーズですぅぅッ♪　こうしてっ、下品な振る舞いで勃起していただきますぅ♪」

モニカは娘たちの、そして神官の視線を剥きだしの秘裂に浴びて、その昂ぶりのあまりに淫汁をどぷどぷと滴らせた。

（……ああ、やっぱり……恥ずかしい姿を見られるの感じます。私、こんなに露出プレイが好きだったなんて……）

膣口をぐしょぐしょに濡らしつつ、股覗きスタイルでモニカはダブルピースまでキメた。

「モニカさまが……あんな格好をなさるなんて……」

「お、おねだりのポーズなんて、私に、できるかしら……ごく……」

「ああ、でも……モニカさまのエッチなお姿、素敵……♥」

モニカの集めた少女たちはどよめきを大きくしながらも、モニカの痴態に見入っていた。嫌悪というよりも、好奇と驚き、そして羞恥（しゅうち）の入り混じった反応だ。

（仲の良い皆様に見られながら、私、ご主人さまに犯されます……ああッ……）

取り巻きの少女たちの熱い眼差しを受けて、膣がきゅうきゅうと切なく疼く。甘酸っぱい気持が胸を満たして、昂ぶりのあまりに動悸が激しくなった。

「あっははは、いきなり難易度高すぎだろ？　お前のお友達がドン引きしてるぞ」

「でも、これが、正式なおねだりポーズです♪　ご主人さまに悦んでもらえるように、考えましたぁ。お友達の皆様がドン引きするくらい、お下品にオチンポ乞いですぅ♪」

モニカは生白い尻たぶをぶるると左右に

揺さぶりながら、卑猥な堕ち姿をアピールした。

「皆様もハーレム入りして、肉便器使いしていただくためにはこうして、ビッチにおねだりポーズですよ♥　ああ、お願いします。入れてください。チンポ、ずぼずぼハメハメしてくださいませっ♥♥」

清楚だったはずのモニカは淫行に免疫がなかったためか、明らかにローザ以上にドスケベに成り果てていた。それは仲の良い貴族娘を集めて、公開セックスを企図することからも明らかだ。

モニカは秘唇を大きく広げて、ドロドロにぬかるんだ膣沼を晒して、ペニスをねだり求めた。内奥からは粘汁が零れて、内腿を妖しく濡れ輝かせていた。

「ああ、お早く……お願いいたします……皆様の前で、おねだり……はぁはぁ……恥ずかしいですぅぅ……ああっ……」

「くく、もう少し見ていたいが、俺も我慢できないしな。そら、入れるぞ。んんんッ！」

神官はモニカの臀丘を鷲掴みにすると、そのまま怒張を突きこんできた。膣の狭隘をぐいぐいと押し拡げながら剛棒が潜りこんできた。

「んぐぅっ、んぐふぁあぁぁ……お、大きいチンポ、頂けてっ……私、幸せです……」

蜜壷を怒張で満たされながら、周りの熱い視線を感じてモニカはますます昂ぶっていく。秘筒が大きく蠕動して、挿入された逸物をきつく締めつけているのがわかった。

（……あ、ああ、私……皆様に見られて……おまんこがいつもよりも激しく動いて……）

さらに秘竿がずぶぶと奥に突きこまれて、子宮口を強く圧迫された。孕み腹を揺さぶられて、鈍い愉悦が背すじを駆け抜けた。

「んあ、んああッ……奥までぇ、あ、当たって……んい、んいい……」

「モニカの中の具合、だいぶいいぞ。見られながらだと、締まりも違うんだな。ここまで露出癖が凄いとはな。あの清楚で、おしとやかなモニカはどこへいったんだ？」

ギャラリーに聞こえるような声で神官はモニカを嬲りつつ、腰を前後させた。

「い、言わないでください。私も、こんなにいやらしくなってしまうなんてぇ、自分でも信じられません。ああ、皆様、見てっ、見てくださいっ。私がいやらしくご主人さまに躾けられる姿を見てくださいませぇ、あはぁあぁぁ……♥」

下腹部同士のぶつかる軽快な音が響き、抽送がさらに速まっていく。モニカは全身で暴れ狂う羞恥に耐えながら、自らもヒップを揺さぶって、尻たぶの狭隘に打ちこまれる雄楔の愉悦に溺れ耽ってしまう。

幹竿の抜き差しで拡張された結合部からは、エラにかき出された愛液が溢れだして、広間の絨毯に艶めかしい染みを広げた。

「……はぁ、はぁっ、モニカさま、素敵です……はふぁ……♥」

「本当に見られて感じてらっしゃるなんて……ああ……♥」

「モニカさまのこと、お慕い申しあげておりましたのに……あんなにいやらしいお姿で」

貴族娘たちは目の前で初めて繰り広げられる男女の営みを目を丸くして見つめた。恥じらいに顔を赤くする者、昂ぶりのあまり秘溝を指先で撫でる者など反応は様々だ。

荒い吐息が各所から発せられ、隠れて自慰に及ぶ者もいたが、誰もとがめだてることなく、それらが神官とモニカの交尾を淫らに彩った。

「モニカ、大丈夫か？　みんなからゲンメツされてるぞ。すげえビッチだってな⁉」

「か、構いません。私は専用肉便器ですから……ご、ご主人さまにだけ愛していただければ、ああっ、は、激しいですぅ。赤ちゃんのお部屋にまで、ずんずん響いてぇッ、んい、んいい、イク、イクぅッ、皆様に見られながら、イってしまいますぅぅ……♥」

モニカは仲間の貴族娘たちの扇情的な視線を意識するほどに、身体の感度が飛躍的に跳ね上がっていく。

張ったエラに膣孔を大きく広げられて、その内粘膜をごりごりと強く擦られるたびに、快美の波が全身を蕩けさせていく。見られながらの抽送に、モニカの肢体は絶頂への準備を次第に整えつつあった。

「そらぁっ！　そろそろイカせてやるぞッ！」

「はひぃっ、お、お願いしますぅ。皆様、見て、見てくださいっ。今から、ご、ご主人さまのオチンポで、アクメを頂戴いたしますぅーッ♥　ひぐ、ひぐぅッ♥　ひぐぐぅーッ♥

ひっぎぃいいいぃいいぃいぃーッ♥♥♥」

モニカは亀頭の先端で子宮口を抉られながら、腰を落として下肢を踏ん張りつつ、悦楽の頂点へ達したのだった。

同時に果てたモニカのメス孔はきゅうきゅうと怒張を締めつけて、淫らに生出しをせがんだ。

「友達に見られながら、ザーメンも欲しいのかよ、このエロまんこはッ!? いいぜ、望みどおり出してやるッ。うおおおおぉぉぉーッ!!」

神官は雄叫びとともに白濁液をモニカの膣奥へ叩きつけてきた。すでに孕んでいる子宮へ大量の精粘汁が注がれて、その熱と刺激にモニカは目を白黒させながら、たわわに膨らんだ艶尻を打ち振って、これ以上ないほどにいやらしく身悶えした。

「んひぁッ、んひぃ、んひぃぃッ、んいいぃーッ♥ 精液のどろどろで、おまんこも子宮も、と、溶けひゃううぅぅ……で、でも――」

「もっと欲しいんだよな。いつものモニカは中出し大好きで、見られながら生でされるのも好きなんだよな。王子にもあれだけ見せつけてたしな」

「皆様の前では、い、言わないでぇぇ……ああぁッ、あはぁあぁあぁぁーッ♥♥♥」

仲間の貴族令嬢たちの妖しく潤んだ視線の嵐に晒されながら、モニカは生白い裸身をぶるると戦慄かせて、中出しで悦楽を極めてしまう。

「い、イグ、イグイグイグぅぅ、またぁ、ああッ、イグぅぅーッ♥　熱々の精液ぃぃ、びゅっぴゅされれぇ、奥にびちゃあぁ、っれぇッ、あ、当たるたびにイグぅぅ、んおおッ、んおほぉおッ、大切な赤ちゃんがお腹にいるのに、恥知らずにアクメぇ、き、キメひゃうぅぅーッ♥　んっひぃいいいいぃいーッ♥♥♥」

尻を突きだしたおねだりポーズのままで、モニカは際限なくイキつづけた。

最後は神官がピストンを止めて、子宮をぐいぐいと圧迫するだけでも、終わりのないオルガスムスを覚える始末だ。

「イキすぎだろ、モニカ。みんなが見てる前で」

「はいっ、ご、ごめんなさいっ。でも私、イグ、イグぅぅ、またぁ、イグのぉーッ♥　アクメぇぇ、と、止まらないですぅーッ、あひぃ、あひぃぃーッ♥♥」

モニカは丸く張った淫尻を大きく回すように振り立てて、深いエクスタシーを貪りつづけた。イった姿を見られることで感じてイク。そして再びそのイキ姿を見られてイクと、露出アクメのスパイラルが止まらなくなっていた。

（……す、凄いいい、こ、こんなにアクメしたら、ち、力が、身体に力入らなくて……）

モニカは立っているのがやっとで、それさえも危うくなっていた。神官はすでにピストンをやめて、モニカの自動イキの痴態を楽しみながら、指先をクリトリスに這わせてきた。

「おまんこや子宮でイってばかりだからな。こっちでもそらッ、イケっ！」

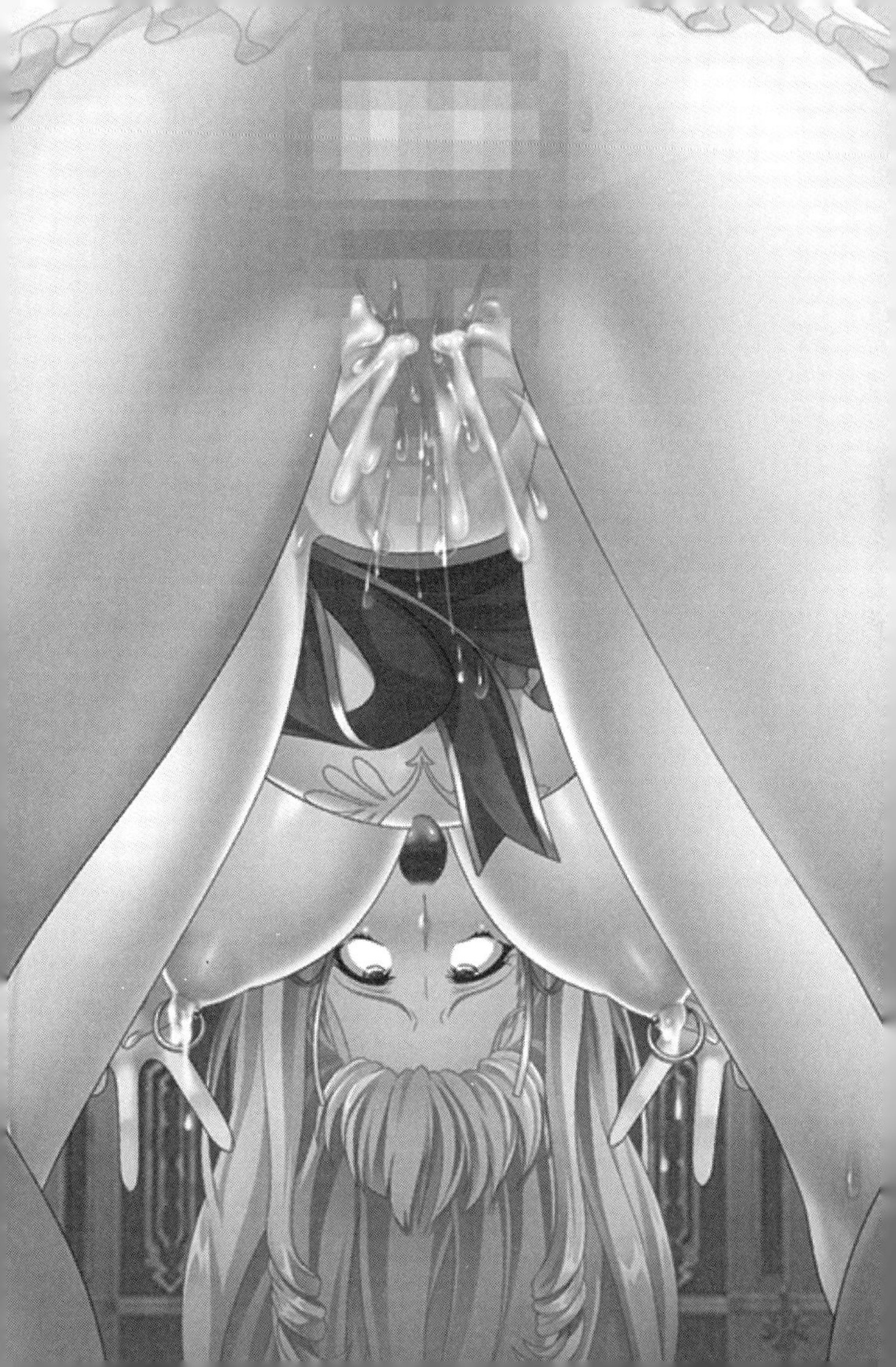

アクメで敏感になった秘果は硬く勃起して、包皮から顔を出していた。そこを神官の指先がぐにぐにといじってきた。刺激は快感の電流となって、背すじを貫いて脳内で弾けた。

「ひぃいいぃい、く、クリはらめぇッ、らめぇえぇえぇーッ♥　あ――ッ♥♥♥」

そうして果てた拍子に、尿道を引き締めていた筋肉が緩んで、溜まっていた尿（いばり）が堰を切って溢れだした。

「……あ、ああ……あはぁあぁぁ……皆様の前で……ご粗相をしてしまって、申し訳……ご、ございません………」

そう口にしながらも、モニカは恍惚とした表情を浮かべて、内腿を小刻みに揺さぶりながら、淫らな放水を続けるのだった。

広間の誰もが固唾を呑んで、モニカの禁じられた行為に見入ってしまっていた。

「いや、いやぁあぁぁ……見ないで、見ないでぇぇーッ、あっ、ああっ、あーッ！」

そうしてモニカは背すじを優美に湾曲させて、その丸い両肩を小刻みに痙攣（けいれん）させながら、失禁絶頂したのだった。

「あ、あふぁ……えぇ……私……おしっこしながら……い、イってしまって……」

モニカはぶるるると下腹を震わせて、山吹色の液を最後まで出し切ってしまう。そうしてすでに赤らんでいた顔を、これ以上ないほど紅潮させた。

生白い裸身もほんのりと桃色に染まっていて、露出にドハマリしていたモニカにとっても恥ずかしさの極限を突破していた。

華麗なアクメ放尿をキメたあと、モニカは大広間に膝から崩れた。そんな彼女へ取り巻きの少女たちは盛大な拍手を送った。

（……皆様のお手本になれましたが……ここまで、するつもりは……）

見事な肉便器ぶりを賞賛してのことだろうが、それがモニカの羞恥を強く煽りたてる。

仲間の前で下品に雄棒のおねだりをするつもりではいたが、さすがに排尿絶頂までは想定していなかった。

（……けど、き、気持ちいいかも……皆様の前で、いやらしくおしっこして、こんなに激しくアクメするなんて……思いもしませんでした……）

モニカは自らの手で自身の尊厳を叩き壊すことに、妖しい快感を覚えはじめてしまっていた。

「……ぁふぁぁぁ……ぁぁ……ぁはぁぁ……ぁぇぇ……ぇ……」

神官や仲間たちは興奮と蔑みの入り混じった視線をモニカに注いできた。無数の、それもよく見知った友人たちの鋭い眼差しが、粗相した直後のモニカを嬲りつづけた。

「あ、ああッ……そんなにいっぱい、み、見ないでくださいませ……あはぁぁ……♥」

モニカは全身を羞恥の焔（ほむら）で炙られて、柔肌をぶるると波打たせつつ身悶えしてしまう。

そのモニカの脳裏に、先ほどの公開失禁がフラッシュバックしてくる。

（……私、皆様の前で、あんなことを……うう、き、消えてしまいたいです……）

排尿行為の感覚や、音、匂い――そのすべてが鮮やかに蘇ってきて、燃え盛る恥ずかしさに内から強く灼かれた。

(でも、き、気持ちよかったです……あんな解放感は、初めて……本当に動物になったみたいで……)

含羞の凄まじさにモニカの頭の中は真っ白に塗りつぶされていく。

「――あ」

そうして、彼女は小さな叫びをひとつあげると、意識を失ってしまう。

膝からゆっくりと崩れゆくモニカは露出の羞恥に歓喜を覚えながら、もう自分が二度と元の清楚で可憐な淑女に戻れないことを自覚した。

だが、モニカに一切の後悔はない。むしろ神官のために進んでその身を投げ出すことの幸福に浸りきっていた。

エピローグ

――戴冠式の日。有力貴族や高位聖職者たちの見守る中で、神官は王冠を神から授かり、ついに唯一無二の絶対権力者たる、この国の王として即位した。

ここまでは手はずどおり、あとはローザたちと打ちあわせた仕上げに移るだけだ。

神官は玉座に腰掛けると、居並ぶ文武百官から祝辞の言葉を受ける。それが終わったタイミングで、神官はぱちりと指を鳴らして合図する。

その拍子に緞帳がすっと開いて、ふたりの貴族娘――ローザとモニカが秘所を大胆に露出し両脚を高く引き上げられた状態で壁に磔にされていた。

しかも腹は大きく膨張していて、誰の目にも令嬢たちの妊娠は明らかだ。

「あぁぁあ、ご、ご主人さまぁぁ♪　お待ちしていましたわ♥」

「王さまになるところぉっ……見たかったですぅ……」

彼女らは居並ぶ貴族たちへ、ありえないほどのビッチ姿をわざとらしくアピールしてみせた。誰もが知っている名家の令嬢がボテ腹姿を晒しているのだ。貴族たちは、ざわめき互いに顔を見あわせた。

神官はそんな彼らを一喝して、国王らしく堂々と話しはじめた。

「ここにいるのは淫らな身体で前王子をたぶらかし、この国を手にいれようとした魔女たちだ！　裁定の神官になったとき、それに気付いて我が力でふたりを従属させ、国への害悪を未然に防いだのだ！　この孕み腹に淫らな紋こそ、男を騙す淫婦の証だ！」

ローザやモニカを悪者にして、国王の正当性を高める。そうして彼女らの実家の評判を貶めることで力を削ぐこともできて、神官にとっていいことずくめだ。

それもこれも、ローザが悪知恵を発揮して仕込んだことだった。一途な彼女は実家を犠牲にしてまで、神官の力を高めることに協力してくれた。

「ああ、はいいっ……そのとおりですわっ♪　あのちょっろい王子ならぁ、わたくしの身体で好き勝手にできると思ってましたのぉ♥」

「あんな坊やだけならぁ、私のオマンコでぇ、すぐに籠絡できるはずだったのに♥　ご主人さまのご立派さに屈服してしまいましたぁ♪」

ふたりは露悪的な発言に、股座を晒した恥知らずな格好で、その悪女ぶりを周りに印象づけた。

「王子はショックのあまりに引きこもってしまったが、代わりに国を救うべく、この俺が即位したのだ！　今からふたりを反省させるために国王自ら公開陵辱を行うっ！」

昂ぶりのあまりすでに隆起しきっていた逸物を取りだすと、破廉恥な姿を晒した貴族娘の前へ出た。ローザもモニカも公開レイプされる悦びに表情を蕩けさせて、息を乱していた。

蜜孔からはとめどなくラブジュースが滴って、玉座の間の真紅の絨毯を濡らした。

貴族たちは皆、息を呑んで状況の推移を見守っていた。驚きのあまりに思考が停止してしまっているのかもしれない。

神官は自分のペースで状況が進んでいることを確認しながら、さらに続けた。

「このような淫らな姿で、おまんこをたっぷり濡らして、けしからんっ！」

そう叫ぶと、まずはローザの伯爵令嬢まんこの前にしゃがみこみ、唇を押しつけて溢れだすラブスープを啜り飲んだ。

わざとらしく、ぢゅるるると卑猥な水音を立ててやると、ローザは恥ずかしさに生白い太腿を妖しくビクつかせた。

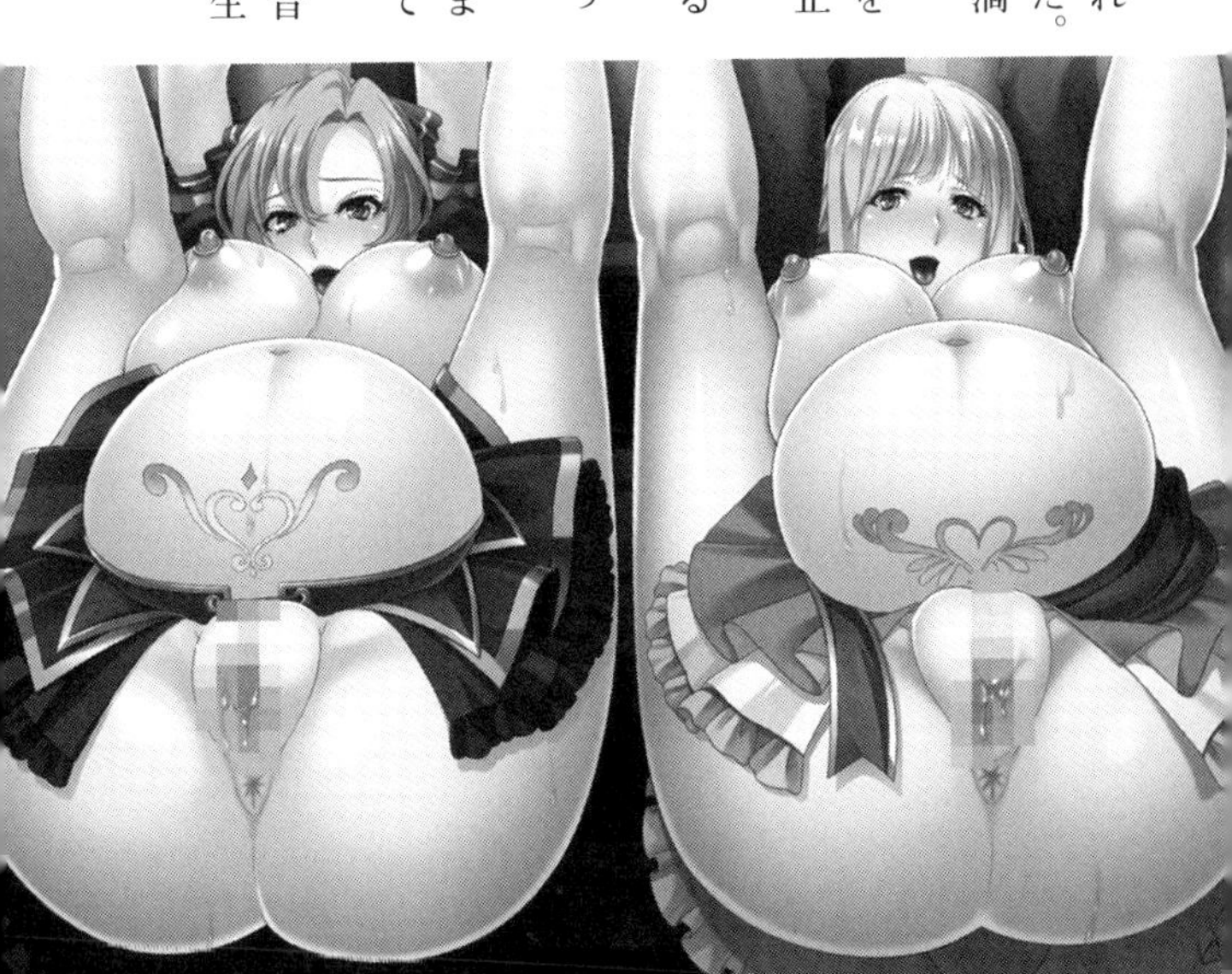

「あはぁぁッ……ご主人さまぁ、皆が見てらっしゃいますのに、え、エッチな音をさせるなんて……わ、わたくし、伯爵家のローザですわっ、なのに……親類も、お父様まで、いらっしゃいますのにッ！」

「黙れこの魔女。この旨いエッチな汁で王子を誑かしたのだな。んじゅる、ぢゅるるぅ」

「あ、ああ……おまんこのおツユぅぅ……いっぱい飲まれてますのに、どんどん溢れてきてますわっ……あぇ、あぇぇぇぇ……あへぇぁぁ………♥」

ローザは湧きだす淫蜜を啜られながら、恥部を震わせる。膣壺はヒクヒクと蠢いて、奥に溜まった蜜汁を多量に溢れさせた。

「本当に、際限なく溢れているぞ。見られながらでも、愛液を溢れさせる、このドスケベぶり。これぞ、魔女の証拠だ！　んぢゅるっ、ぢゅるるぅ、ぢゅぅぅーッ」

甘酸っぱいヨーグルトのような、爽やかな香りの淫汁はいつまでも飲んでいられそうだ。零れるジュースを一気に啜りきると、神官は舌先を膣口へ潜らせて、ちゅぶちゅぶと出し入れした。

舌先が膣ヒダを舐めしゃぶり、そこに溜まった恥垢をこそげ取った。きついチーズの味がスープに混ざって、それがますます神官を欲情させた。

そうして刺激されたローザの膣からは壊れた蛇口のように、どろどろと蜜が湧きだしつづける。

「あ、ああ……こんな……自分でも知りませんでしたわ……ご主人さまに、おまんこを舐められていると、こんなにお汁まみれになってしまうなんて……あくぅ、あくふぅ……」

ロ－ザはクンニの羞恥と愉悦にボテ腹を震わせて、耳まで真っ赤になっていた。

「……あ、あふぁぁ……おまんこへのお仕置き、さ、最後までぇ……ああ、オチンポ……オチンポを、国王陛下の即位チンポをくださいませぇ……」

貴族たちが見ている前で、ローザは新王の剛直を激しくねだってしまう。

自ら神官の口吻へ秘弁をぐりりと押しつけて、ラブジュースを染み出させながら、挿入を求めつづけた。

「ぷはぁ……まあ、待て。魔女の願いを簡単に聞くわけにはいかないからな」

「そんなぁ……じらさないでくださいませッ……あ、ああっ……この魔女めにオチンポで、お仕置きをお願いしますわッ！」

神官はひどく残念そうなローザを慰めるように横顔を撫でてやる。

そうして彼女から離れると、モニカの秘所に顔を近づけた。

「次はモニカだ。んれろぉ……」

れろりと舌を這わせてやると、モニカは自ら股間を迫りださせて、クンニをおねだりしてた。その反応に彼女の実家を始めとして、彼女を良く知る地方貴族たちが驚嘆の声をあげた。

「んふ、んふぁ……んふぁぁっ……こんな魔女のおまんこを、な、舐めていただいて、ぁりがとうございます……皆様、モニカは、悪い女でしたが……新王さまに罰をいただいて、り、立派に更生いたします……♥」

彼女のクレヴァスは軽く舐めあげてやるだけで、水気を吸ったスポンジのようにじゅわわぁ、と果汁を染みださせた。

神官は舌を尖らせて、縦溝を浅く上下に嘗めまわすと、その秘鞘をはむはむと甘噛みして、ちゅぶぶぶと包皮ごと秘芯を吸いたててやった。

「モニカのおまんこも、たっぷり味見させてもらうぞ。んれろ、れろれろぉ、れろれる、んじゅるるぅ……」

「あ、あんんッ……皆様の前で、おまんこを舐めていただいて、ああ……いけないことなのに興奮して、き、気持ちよくなってしまいます……」

「そうだな。モニカは露出マゾだからな。田舎貴族がセックスの悦びを覚えて魔女に堕ちると、こうなってしまうのだな。んん、んちゅぶ、ちゅばちゅぶッ」

ギャラリーの見守る中で、今度はモニカの秘口をれろれろと舐めまわして、その膣奥から溢れるラブジュースを嚥下していく。

ローザのそれと違って、モニカの蜜汁にはとろみとコクがあって、どこか獣めいた香りが漂ってきていた。

その濃厚にして、野性味溢れる味わいは貴族令嬢といえどもひと皮剥けば一匹の美獣だということを彷彿とさせた。

「んん、モニカの味はローザのものより濃いな。どうしてだ？」

「そ、それは……皆様の前でお仕置きしていただけるかと思うと、昨日から昂ぶってしまって……あああっ♥」

モニカは羞恥のあまりに、ぶるるとさらけ出した肌を震わせる。

「で、昨日から昂ぶって、どうなのだ？」

神官は一度、止めたモニカに続けるように促した。彼女は含羞に悶えつつ、淫らすぎる告白を再開した。

「昂ぶって、その……エッチなおツユが止まりませんの。溢れたお汁が蒸発して、また溢れて……それを繰り返して、煮詰まってしまって……なので、濃いお味なのだと……」

モニカの瞳は熱く潤んだ、艶唇は恥ずかしさにぶるると戦慄きを見せた。同時に秘裂は生々しくヒクついていて、膣内の妖しい疼きが手に取るようにわかった。

「確かにな。んれろ、んじゅるる、んぢゅぅ……濃くて、まろやかな味わいだ」

そう褒めると、モニカは火が出そうなほど顔を赤くしながら、股根をさらに大きく開く。

「んううっ、ご、ご主人さま、この肉便器めをご賞味いただいて、ありがとうございます。お、奥はもう少し濃く、発酵したお味が楽しめるかと、お、思いますぅ♥」

身内を含めた多くの聴衆に聞かれながらでも、モニカは恥知らずな告白を行う。淑女としての嗜み(たしな)よりも、肉便器としての使命と露出マゾ性癖が彼女をすっかり変えていた。

「奥か、どれ。んれぉ、れろぉぉォッ、んんッ――」

モニカの膣奥に溜まった恥垢を舐めとると、ツンと甘酸っぱい匂いが鼻腔に広がった。それは濃厚なチーズにも似た酪句で、神官はクセになって何度もそこを舐めしゃぶり、溢れる愛蜜を箸休めに飲み干した。

「あっ、あっ、ああ……おまんこの隅々まで、舐めしゃぶって……ご、ご賞味いただいて……恥ずかしいですけど、感じてしまってぇ、ひ、ひぅぅッ……」

多くの貴族たちに見られながら、モニカは膣の隅々まで愛される。そうして壁に固定されたままで太腿をビクビクと震わせて、マゾ悦びの高峰へ昇っていく。

「い、イグぅ……このまま、クンニを見られて、イってしまいます……♥」

「ふふ、クンニを見られるだけで絶頂してしまいそうだなんて。そのいやらしさ、モニカさんらしいですわね。わたくし、同じ肉便器として妬けてきますわ……」

ローザに激しく煽られて、モニカはますます昂ぶってしまう。

「……そ、そんな……ローザさま、意地悪言わないでください……私、ローザさまに色々教えていただいたのですからぁ……私、もうッ、イクイクイクぅ、イグぅーッ……♥」

モニカは生白い肌を震わせて、乳首ピアスに彩られたバストをぶるつかせた。ギャラリーに見せつけるように股を開きつつ、神官が窒息しそうなほどラヴィアを前へ迫り出させた。

「皆様に見られながらッ、クンニで、イってしまいますぅーッ、んひぃ、んひぅぅッ！」

「んうぅッ、もうおまんこ、ビクビクして、イケそうだな。このまま、イケよッ。んじゅる、んじゅるぅぅーッ！」

神官に膣が裏返りそうなほどバキュームされて、モニカは絶頂へと押しあげられる。

「んいいぃーッ♥　んっいいぃいいいぃいぃーッ♥♥♥」

モニカは肉便器の証である首の皮チョーカーを大胆に晒しながら、四肢を引き攣らせつつ、彼女は貴族たちに見られながらアクメした。

「……あ、あはぁぁ……こ、こんなにクンニでイクなんて、初めてです……見られながら、せ、セックスしたら、私……どうなってしまうんでしょう……」

瞳にハートを浮かべながら、モニカはうっとりとした目で神官を見た。それはローザも同じだ。神官の隆起しきった剛棒へ、熱っぽく、挿入を求める視線を注いできた。

もし壁に拘束されていなかったら、ふたりとも四つんばいでしゃぶりついてきただろう。

「では、これからふたりは王子を陥れようとした罪で、王の公式肉便器の刑とする。ボテ腹でも容赦はせん。皆の前で同時にイカせてやるからなッ！」

神官はふたりの前に立つと、だらしなく口をぱっくりと開ききったメス孔へ、怒張を猛々しく突きこんでいく。

まずはローザだ。

「はい、お願いいたしますわ♥　孕み腹にクルっ、んひぎぃぃいーッ♥♥」

しばらくピストンを加えて、彼女が果てそうになったところで引き抜く。

そうして隣の肉便器モニカを使ってやる。

「次は私です、子宮にズンっれ響くぅ、んぐぅいぃいぃーッ♥♥」

人々の羨望の的だったふたりの美しい貴族令嬢が、臨月妊娠腹のまま肉便器扱いされる様を誰もが息を飲んで見守った。

「では、ふたりとも種付けの儀だ。全員の前で中出ししてやる。もっともすでに孕んじまってるが、新王のザーメンをたっぷり注いで清めてやるぞ」

そう声をかけられ、ふたりは肉オナホの穴をさらに前へ迫りださせて、白濁液のお恵みを乞食のように求める。

「ありがとうございます。ローザは新王さまのご慈悲、うれしく思いますわッ♥」

「モニカもです。偉大なる国王さまのご栄光を、くださいませぇーッ♥」

「じゃあ、出すぞ。食らえぇぇぇぇぇーッ！　うおおおおぉぉーッ‼」

王となった神官は、その孕ませ液をローザに、そしてモニカの膣奥にたっぷりと吐き出していく。その様を誰もが息を飲んで見守った。

そうして雄柱を抜き取ると、磔の貴族娘たちの裸身に大量の粘濁液のシャワーをたっぷりと振りかけてやった。

麗しいブロンドやシルバーの髪や象牙のように艶やかな柔肌、そして大きく張った乳房や美貌までドロドロの精種液で汚されて、艶めかしい粘りの糸

が幾つも引いていた。

「あふぁぁ……熱くて、濃いぃぃぃの頂きましたわ。ほらぁ、わたくしのおまんこから、熱いお汁が垂れてきて、全部、ご主人さまの、国王陛下のフレッシュなザーメンの生出しぃい、最高ですわぁぁ……♥」

「私のおまんこも見てぇ、み、見てください。ぴちぴちの新鮮な子種汁、大量に出していただいて、中で元気に暴れてますぅぅ……♥　あはぁ、ぁぁ……♥」

ローザとモニカは自分たちの親族を含む貴族連に、その肉便器っぷりを見せつける。ここまでやれば、彼女らの一族の名声は地に墜ちるはずだ。王位を狙おうとする者も現れないだろう。

ふたりは肉便器という究極のご奉仕スタイルにその身を委ねつつ、蕩けきった美貌を晒した。

神官も自慢の逸品を臣下に披露することができて、これ以上の喜びはない。ローザもモニカも、望んでやっと手に入った最高の娘たちなのだ。

「では、最後の仕上げだな」

「はいっ、これでわたくしがご主人さまの強いオチンポに屈服したと、広く国民にまで知らせることができますわ♥」

「やっとこのときが来たのですね。マゾ肉便器に生まれ変われて良かったです……♥」

ふたりは開ききった自身のオナホ穴を指先でさらに広げて、くぱぁ感を全開にした。

精液でべっとり汚れきった朱粘膜のヒダヒダまで、はっきりと一堂にさらけ出される。拡幅されきった膣口は濁汁で濡れ輝いて、幾つもねばった糸を引いていた。

そうして、タイミングをあわせて大きく息を吸うと、

「「ふたりはご主人さまの、国王陛下の肉便器として、一生、お仕えいたします♥♥♥」」

そうハモりながら、神官の——いや、新国王の肉便器となったことを公的に宣言した。

そんな彼女たち——令嬢肉便器へ向けて、新国王は快哉を叫びながら、さらに熱く滾る種付液を大量に爆ぜさせた。

臣下の前で白濁粘汁の生臭い海に溺れながらも、ふたりのマゾ淑女たちは心の底から満足しきった微笑みを浮かべる。その瞳はふしだらな期待に妖しく輝いていた。

新国王は彼女たちとの淫らすぎる宮廷生活を想像しながら、異世界転生したことの喜びをしみじみと噛みしめるのだった。


（終）

あとがき　あすなゆう

アスナ「こんにちは、アスナお姉ちゃんです♪　本作はなんと乙女ゲームが舞台!」

ゆう「弟のゆうくんです。しかも今、ホットな悪役令嬢モノですね」

アスナ「ゲーム世界に転生して、好き放題。サラリーマンの夢という感じよねぇ。それにしても乙女ゲームって、本当に定着したわよね」

ゆう「そうだね。その昔、某即売会で硬派な武将が幅を利かせていた某K社ブースが、乙女チックに染まってた時の衝撃と言ったら、なかったよね」

アスナ「その頃から続く関係者の絶え間ない歩みを思うと、う、ううっ……」

ゆう「いや、お姉ちゃん、なんで泣いてるの。何にもしてない完全部外者なのに。あのゲームが初期から好きって言ったら、お姉ちゃんの歳が——むぐぐっ……」

アスナ「さてと、本作の紹介の続きよね。セリフは原作より少し拝借し、地の文は作者が添えさせて頂いています。原作ゲームも、ぜひプレイして下さい。エッチなCGもたくさん、堕ちたヒロイン達の激しい淫語セリフ&ボイスの嵐は必聴です♪」

ゆう「ぷはぁ……やっと、解放された。ええと、僕からも、強気な悪役令嬢が積極的におねだりして、その一途さにドキドキします……」

アスナ&ゆう「最後に。本作にご尽力くださった関係各位、そして読んでくださった皆様に御礼申し上げます。ありがとうございました!」

ぷちぱら文庫

破滅予定の悪神官、悪役令嬢と女主人公を肉便器にして全てを手に入れる

2021年 7月13日 初版第1刷 発行

■著　　者　あすなゆう
■イラスト　T-28
■原　　作　Miel

発行人:久保田裕
発行元:株式会社パラダイム
〒166-0004
東京都杉並区阿佐谷南1-36-4
三幸ビル4A
TEL 03-5306-6921
印刷所:中央精版印刷株式会社

PP0397